KB008699

야쿠자의 전설 **도쿄의 용**(龍)이 된

조선 협객 박용주

실록소설

야쿠자의 전설 **도쿄의 용**(龍)이 된

조선 협객 박용주

이용우 著

지우출판

실록소설

야쿠자의 전설 도쿄의 용(龍)이 된

조선 협객 **박용주**

인쇄 / 2023. 12. 10.

발행 / 2023. 12. 20.

지은이 _ 이용우

발행인 _ 김용성

발행처 _ 지우출판

출판등록 _ 2003년 8월 19일

서울시 동대문구 천장산로 11길17. 204-102

TEL: 02-962-9154 / FAX: 02-962-9156

ISBN 979-11-984910-1-5 03810

lawnbook@hanmail.net

값 17,000원

글을 시작하며

일본은 '칼'의 나라다. 잔혹함의 극치를 보여주는 닛폰도日本刀가 일도양단一刀兩斷하는 메이도銘刀의 원천이다. 메이도란 단숨에 목을 베는 예리한 칼을 가리키는 말. 봉건시대부터 일본 열도를 지배해 온 사무라이武士의 유일한 무기가 메이도다. 그래서 사무라이는 손에 칼이 없으면 힘을 못 쓴다고 했다. 그 전통이 지금도 이어지고 있다.

정신일도하사불성精神一到何事不成! 닛폰도를 잡고 정신을 한군데로 집중하면 못 이룰 것이 없다는 뜻이다. 닛폰도의 위력을 신앙처럼 받드는 사무라이 정신武士道이다. 일본 군국주의의 정신이기도 하다. 사무라이가 할거하던 15세기 중반부터 16세기 후반에 이르기까지 130여 년간 일본 열도가 내란에 휩쓸렸다. 센고쿠戰國 시대. 군벌들의 땅따먹기 전쟁이라 하여 쇼군將軍 시대라고도 한다. 군국주의의 태동기였다.

쇼군 시대의 주역이 사무라이 집단이다. 이후 막부幕府 시대가 열리고 내전이 종식되었지만, 사무라이들은 닛폰도를 놓지 않고 강호江湖를 떠돌았다. 그들은 닛폰도로 주민들을 위협하며 약탈행위를 일삼다가 마침내 폭력 집단으로 변신한다. 작금에 일본 암흑가를 주름잡는 야쿠자의 원조다. 야쿠자란 원래 도박판의 카드 패 8·9·3 망통 숫자를 합한 이름이다. 쓸모없는 숫자라 하여 흔히 도박판에 빌붙어 개평이나 뜯는 건달을 지칭하는 용어이기도 했다.

그러나 훗날 그 세력이 중국 최대 폭력조직 삼합회三合會와 쌍벽을 이룬다. 여기에 미국으로 이민 가 암흑가를 장악한 이탈리아의 마피아를 포함하면 세계 3대 패밀리가 된다. 그러고도 전통 사무라이의 후예를 자처하며 금도襟度를 지키고 도력道力을 연마하는 고쿠도진極道人 또는 의협심이 강한 교가쿠俠客(협객)로 불리길 원했다. 하지만 세월이 흐르면서 오합지졸로 전락한 야쿠자들이 하는 짓이라곤 패거리 지어 번화가에 기생하는 양아치에 불과했다. 도박판의 개평꾼 습성에서 벗어나지 못한 탓이었다.

일제강점기 이런 아류의 야쿠자 패거리가 식민지 조센진朝鮮人 청년을 상대로 닛폰도를 휘두르다가 한주먹에 굴복하고 만다. 도쿄 한복판 긴자銀座 쥬오도리中央通에서 벌어진 사건. 닛폰도의 위력만 믿고 일방적으로 공격해 온 야구자 패거리를 날렵한 발차기와 무쇠 같은 돌주먹의 묘기로 모조리 때려눕힌 조센진 청년. 기골이 장대한 협객 박용주朴龍周(1915~1988)!

그는 이를 계기로 야쿠자계에 뛰어들어 긴자구미銀座組(일명 긴자파)를 평정하고 일본 최대 야쿠자 조직인 도쿄 혼마치(본령本領) 오야붕 반열에 오른다. 하지만 그는 단 한 번도 닛폰도를 손에 잡지 않은 맨주먹 야쿠자로 유명하다. 그래서 붙여진 별명이 도쿄 다츠(도쿄의 용)다!

이 이야기는 일제강점기 혈혈단신 일본 도쿄로 건너가 인종차별을 극복하고 맨몸으로 악명 높은 야쿠자계를 평정한 전설적인 협객 故 박용주 선생의 일대기를 재구성한 실록 소설이다. 선생은 이미 고인이 되었지만 말로만 '지지 않겠다'고 외치는 맹목적인 반일 민족주의보다 실력으로 일본과 싸워 이긴 극일克日의 표상이 아닐 수 없다. 한 · 일 관계가 사사건건 대립하고 있는 작금의 상황에 선생의 과거사가 새삼 회자하는 이유다.

국내에선 선생의 노후에 대한 일화가 단편적으로 전해지기도 했지만, 일제강점기 일본인들의 간담을 서늘하게 했던 행적은 거의 알려지지 않았다. 도쿄 시절의 증인들도 대부분 고인이 되고 일부 구전口傳만 회자되고 있을 뿐이다. 하여 필자가 일선 기자 시절부터 추적해온 각종 자료를 바탕으로 희대의 풍운아 박용주 선생의 파란만장한 일대기를 뒤늦게 공개하는 바이다. 극일을 위하여!

2023년 만추晩秋에

著者 이용우

차례

1. 긴자銀座의 한 판 승부

1

긴자銀座의 한 판 승부

일본 도쿄의 중심지 긴자銀座. 작금에는 세계 굴지의 관광 명소로 알려진 곳이다. 우리나라로 치면 서울 명동만큼이나 유명하다. 그러나 400여 년 전 17세기(1600년대) 초에는 도쿄만의 버려진 해안가에 불과했다. 임진왜란을 일으킨 사무라이 비조鼻祖 도요토미 히데요시豐臣秀吉가 죽고 후계자 도쿠가와 이에야스德川家康가 도요토미의 본거지 오사카성城을 떠나 도쿄만에서 에도江湖幕府 시대를 열었다. 에도가 오늘날 일본의 수도이자 거대한 국제도시 도쿄로 발전한 연유다.

그 당시 도쿠가와는 전비戰費와 막부 재정을 마련하기 위해 한적한 해안가를 매립하고 은화銀貨 주조소鑄造所를 설립했다. 그곳에서 주조된 은화가 현재 전 세계에 통용되는 엔화의 원조다. 이후 은화를 만드는 거리라 하여 '긴자'라는 지명이 생겼고 에도의 중심가로 눈부신 발전을 거듭해 오늘에 이르고 있다. 일본이 일 · 러(일본과 러시아) 전쟁에서 대승하고 열강으로 급부상하던 1930년대엔 도쿄 긴자 거리가 이미 세계적인 번화가로 명성이 나 있었다.

일 · 러 전쟁에 이어 일 · 중(일본과 중국) 전쟁이 발발하기 이태(2년) 전인 1935년. 군국주의로 열강이 된 일본 정부는 중국 대륙을 공략하기 위해 전쟁 준비에 광분했지만 내지內地(일본 국내)에선 비교적 평온했다. 조만간 일 · 중 전쟁이 발발할 것이라는 입소문이 은밀히 나돌았지만 일본 군부는 침묵으로 일관했다. 욱일승천旭日昇天하는 황군皇軍(일본군)이 중국 대륙을 휩쓸며 승승장구할 것이라고 확신했기 때문이다.

그 무렵 이른바 '먹자 골목'으로 유명한 긴자 쥬오도리中央通 뒷골목 후미진 곳의 노포老鋪에 사람들이 들고 나기 바빴다. 삼각형으로 돌출한 좁은 골목에 형성된 상권이라 하여 산가쿠마치三角地라는 별칭도 붙어 있다. 음식 맛이 좋고 값도 저렴해 주로 서민들이 즐겨 찾는 곳이다. 두 사람이 나란히 걸으면 옷깃이 스칠 만큼 비좁은 골목 양쪽에 다닥다닥 붙은 노포 10여 채가 스시(초밥), 댄동(튀김), 오뎅(어묵꼬지), 우동 등 간편식을 만들어 팔고 있었다.

20평 남짓한 노포에는 저마다 널빤지로 기다랗게 만든 ㄴ자형이나 ㄷ자형의 목로木壚(술청)를 설치하고 조리대를 붙여 주인 겸 이다바(셰프)가 손님의 주문에 따라 즉석에서 음식을 조리해 내놓는 일종의 다치노미(선술집) 형태였다. 겨울철에는 가마보코(어묵) 오뎅을 안주 삼아 따끈하게 데운 마사무네正宗 한 잔씩 마시면 추위가 싹 가신다고 했다. 바쁜 일상에 쫓기는 손님들은 대개 다이(목로)에 서서 먹고 마시는 것을 즐겼다. 좁은 공간이긴 하지만 홀에도 조그만 식탁이 가지런히 놓여 손님의 취향에 따라 음식을 주문할 수도 있다.

이곳에 스키야키(소고기 전골)와 냄비우동을 만들어 파는 한 노포가 성업 중이었다. 간판도 없지만 단골 고객들 사이에 주인 하야시 모리林森의 성을 따 하야시 노포로 불렸다. 퇴락한 건물이 말해주듯 문을 연 지 120년이나 된 노포라고 했다. 40대 중반의 주인 하야시 상氏이 4대째 운영해오고 있었다. 이 노포의 유일한 종업원이 조선인 박용주朴龍周. 만 20세의 젊은 청년이지만 이목구비耳目口鼻가 선명하고 기골氣骨이 장대했다. 양쪽 어깨가 떡 벌어지고 팔뚝이며 허벅지 골격이 마치 스모(씨름) 선수나 쥬도(유도) 선수처럼 우람하고 튼튼했다.

아니나 다를까, 그는 조선에서 중학교 다닐 때부터 쥬도를 배웠다고 했다. 쥬도는 일본에서도 국기國技로 지정돼 인기 높은 스포츠로 각광받고 있었다. 하여 후덕한 하야시 상은 그를 여느 일본인들처럼 식민지 조센진이라고 홀대하지 않고 "복 상朴氏"으로 부르며 존대했다. 특히 그가 밤늦게까지 손님 접대와 허드렛일 등 온갖 일을 도맡아 처리할 땐 대견해하며 박용주의 이름 중 가운데 '용'자를 따 '용사마龍司馬'라고 격려해주기도 했다. 사마란 힘이 장사壯士라는 뜻으로 흔히 사람을 높이 평가할 때 쓰는 일본 용어다.

그러던 어느 날. 그날도 하루 일과가 바쁘게 지나갔다. 영업이 끝나자 하야시 상은 서둘러 주방과 조리대를 정리하고 용주는 목로와 홀을 청소했다. 둘의 일과는 몸에 밴 습관처럼 이미 그렇게 정해져 있었다. 자정 무렵, 마침내 영업을 시마이(마감)하고 가게 문을 닫으려는데 난데없이 검은 사무라이 복장을 한 괴한 3명이 들이닥쳤다. 출입구에서 문을 닫으려던 용주를 거칠게 밀치고 노포에 들어선 그들은 하나같이 허리에 닛폰도를 차고 충혈된 눈을 부라렸다. 야쿠자 패거리라는 사실을 직감할 수 있었다.

부릅뜬 눈에는 살기가 넘쳐났다. 얼핏 보아 낯이 익었다. 산가쿠마치를 나와바리(영역)로 삼아 휘젓고 다니던 이른바 야쿠자 3인방이다. 하야시 노포에도 가끔씩 들러 술과 음식을 공짜로 먹고 월정료月定料까지 뜯어가던 자들이었다. 그들 중 앞장선 야쿠자가 굽신거리며 인사하는 하야시 상에게 다가가 대뜸 거친 손바닥으로 귀싸대기부터 한 대 올려붙이며 버럭, 고함을 질렀다.

“바카야로(바보)!”

영문도 모른 채 한 대 얻어맞은 하야시 상이 어리둥절한 표정으로 불같이 달아오르는 왼쪽 빰따귀를 쓰다듬으며 말했다.

“아니, 무슨 일로 이러십니까?”

“몰라서 물어? 바카야로!”

이렇게 내뱉은 야쿠자의 손바닥이 이번에는 하야시의 오른쪽 빰따귀로 향했다. 순간 용주가 날쌔게 가로막으며 야쿠자의 손목을 덥석 잡았다. 갑자기 화가 나 불끈 쥔 손에 힘이 느껴졌다. 그는 불쾌한 목소리로 외쳤다.

“폭력은 삼가고 말로 합시다.”

“야, 이건 또 뭐야. 축쿠쇼야로(짐승같은 놈)!”

마른 침을 탁, 뱉으며 오만하게 한마디 던진 야쿠자는 대뜸 허리에 차고 있던 닛폰도를 빼 들었다. 당장 무슨 일이 벌어질 것 같은 살벌한 분위기가 감돌기 시작했다. 야쿠자는 닛폰도를 용주의 코앞에 들이대며 찌를 듯한 자세를 취했다.

"요시(자, 이제) 한 번 해보자. 야 이 자식, 너 오늘 임자 만났다."

그러나 용주는 눈도 한 번 깜빡하지 않고 놈의 칼날을 경계하며 순 경상도 사투리로 태연히 응수했다. 물론 상대방이 그의 말귀를 전혀 알아들을 수 없을 테지만 얼굴 표정으로 짐작할 것이다.

"야, 쪽바리! 일마(인마), 이거 뭐라 카노. 임자는 니가 아이고 내가 임자라 카이(임자라니까)."

"바카야로! 감히 어디다 대고 말대꾸야. 말대꾸는… 너, 오늘 제삿날로 만들어 줄 테다. 바카야로!"

신경질적으로 또 한마디 내뱉은 야쿠자는 비웃음을 머금으며 몸을 약간 옆으로 비틀어 의기양양하게 공격 자세를 취하는 거였다.

그러고는 닛폰도를 치켜들며 '야압!' 하고 기합氣合을 넣는 순간, 일본의 전통적인 작업용 신발 지카다비를 두 겹으로 신고 있던 용주가 잽싼 발차기로 놈의 닛폰도부터 떨어뜨렸다. 이어 숨 쉴 틈도 주지 않고 돌주먹으로 놈의 턱을 호되게 갈겼다. 솥뚜껑처럼 생긴 그의 큰 주먹에서 무쇠 같은 힘이 솟았다. 닛폰도를 놓친 놈은 용주의 돌주먹 한 방에 맥없이 뒤로 벌렁 나동그라지고 말았다. 마치 벼락이 치듯 눈 깜짝할 사이에 벌어진 사태였다.

시비를 걸다 쓰러진 놈보다 한 발 뒤처져 으스대던 또 다른 야쿠자 둘이 급히 닛폰도를 빼 들고 달려들었으나 역시 빈틈을 보이지 않는 용주의 두 발 옆차기에 걸려 그대로 엎어지고 나동그라지면서 큰 대大자로 뻗어버렸다. 그중 한 놈은 공교롭게도 허공에 붕 뜨듯 식탁 위에 떨어져 애먼 식탁이 반 조각으로 부서졌다. 말 그대로 날벼락이 아닐 수 없었다. 그래도 용주는 멈추지 않고 맥을 못 추는 놈들을 하나씩 업어치기 하듯 목덜미를 잡아 노포 밖 골목길에 내동댕이치고 빈손을 털며 돌아섰다.

으레 화가 나 욕설이라도 한마디 내뱉을 법도 하지만 그는 의외로 무표정했다. 그의 행동거지로 보아 어디서 많이 해본 솜씨 같았다. 넋을 잃고 멍하니 지켜보던 하야시 상은 간담이 서늘해 연방 가슴을 쓸어내렸다. 마치 한 편의 활극을 보는 것 같았다.

왁자지껄 요란한 소리에 놀란 이웃 주민들이 우루루 하야시 노포로 몰려왔다. 처음부터 이 광경을 지켜본 이웃 노포 젊은 주인이 느닷없이 주먹 쥔 손으로 허공을 찌르며 '용, 용, 용사마!' 하고 구호처럼 외쳤다. 용주를 치켜세우는 제스처였다. 그제서야 정신을 가다듬은 하야시 상도 덩달아 '용사마!'를 소리높여 외쳤다.

하야시 상을 비롯한 산가쿠마치 주민들에 따르면 이곳에 기생해

온 야쿠자 3인방은 시도 때도 없이 무전취식에다 상권을 보호해준다는 명목으로 일종의 텃세인 월정료月定料까지 뜯어 왔다. 게다가 주민 동의도 없이 월정료를 제멋대로 올려 갈취하는 등 횡포가 이만저만이 아니었다. 한마디로 영세상인들의 등골을 빼먹는 약탈행위였다.

견디다 못한 주민들이 이런 야쿠자의 횡포에서 벗어나기 위해 반상회를 열고 관할 경시청(경찰서) 파출소에 진정서를 내기로 결의했다. 상가 번영회 입주 순으로 따져 최고참 격인 하야시 상이 주민들을 대표해 진정서를 작성키로 했다. 그런데 뜻밖에도 이 정보가 야쿠자 3인방에게 새 나갔다. '내부 고발?' 놈들이 앙심을 품고 하야시 상에게 보복하러 왔다가 우습게 봤던 후테이센진(천한 조선인)에게 흠씬 두들겨 맞고 쫓겨난 것이다.

그러나 그들은 쉽게 물러나지 않았다. 이튿날 아침에는 아예 영업을 방해할 목적으로 야쿠자 패거리 10여 명이 가세해 산가쿠마치 골목을 가득 메우고 하야시 노포를 에워쌌다. 저들은 3인방을 앞세우고 박용주부터 불러냈다. 단단히 보복할 요량이었다. 3인방은 저마다 부상병처럼 팔과 얼굴 등에 아카징기(요오드액)를 바르고 붕대를 감은 데다 반창고까지 붙인 몰골 행색으로 나타났다. 간밤에 용주에게 흠씬 두들겨 맞은 상처가 채 아물지 않은 모양이었다.

"쓰레기 같은 후테이센진! 당장 이리 나왓!"

"식민지 후테이센진 나부랭이가 하루 강아지 범 무서운 줄도 모르고 어디서 함부로 까불어?"

"이참에 짐승 같은 놈을 아작내고 우리 다이닛폰大日本 야쿠자의 진수를 단단히 보여줘야겠다."

온갖 막말과 악담으로 협박하며 용주가 밖으로 모습을 드러내길 재촉했다. 하는 짓이라곤 개차반 같으면서도 사무라이 후예를 자처하는 그들은 나름 자존심이 강했다. 그러나 선불리 덤벼들지 못하고 겁많은 마당개가 짖어대듯 요란하게 떠들기만 했다.

"용사마! 나가지 마. 저 놈들은 조센진을 벌레 취급하는 악당들이야. 나가면 죽어. 당해도 내가 당할 테니까 아나타(당신)는 어여 저기 주방 뒤쪽 담장을 넘어 쥬오도리로 달아나시오!"

새파랗게 질린 하야시 상이 와들거리며 용주에게 달아날 것을 종용했으나 정작 당사자인 용주는 꿈쩍도 하지 않았다. 속된 말로 간이 배 밖으로 나와 있었다.

"사쪼 상(사장님)! 걱정하지 마세요. 제가 알아서 처리하겠습니다."

하야시 상이 한사코 말렸으나 그는 요지부동이었다.

이윽고 마음을 다잡은 그는 마침내 결심한 듯이 도리우치(납작모자)를 푹 눌러쓰고 몸을 벌떡 일으켰다. 한사코 말리는 하야시 상을 뿌리치며 출입문으로 성큼성큼 다가가 닫혀 있던 문을 확 열어젖혔다. 순간 닛폰도를 들고 문 앞을 지키던 3인방이 기겁을 하며 뒤로 몇 발짝 물러서는 거였다. 그는 이 틈을 이용해 그들을 막다른 골목길로 몰아붙이며 가슴을 풀어헤쳤다. 그러고는 지카다비를 신은 발에 힘을 주고 쾅쾅, 땅바닥을 차며 떡 버티고 방어 자세를 취했다. 이어 불끈 쥔 돌주먹으로 허공을 휘저으며 결투 태세로 나왔다.

그는 평소 어눌하게나마 일본어로 의사소통을 해 왔으나 상황이 다급하고 화가 날 때면 으레 입에 발린 경상도 사투리 우리말로 사나운 들짐승이 울부짖듯 포효咆哮했다.

"야, 이놈들아! 너그가(너희들이) 말하는 후테이센진 여(여기) 있다. 우얄래(어떻게 할래)? 그래, 짐승만도 몬한 쪽바리들 칼맛 좀 보자!"

이렇게 외친 그는 다시 한번 자세를 가다듬었다.

줄잡아 10대 1, 도저히 상대가 안 되는 한판 승부였다. 이런 상황으론 누가 봐도 아예 승산이 없었다. 게다가 상대방은 모두 닛폰도를 들고 집단으로 공격할 태세였다. 그러나 그와 맞닥뜨린 3인방은 지난 밤 된맛을 본 탓인지 숫제 겁을 먹고 슬슬 뒷걸음질만 쳤다. 이때 3인방의 뒤편에서 누군가 큰 소리로 외쳤다.

"도츠게키 스스메(돌격, 앞으로)!"

전쟁터로 착각했나?

그 순간 야쿠자들이 '도츠게키!'를 외치며 닛폰도를 빼 들고 우루루 몰려왔다. 그러나 용주는 조금도 기죽지 않고 흔들림 없이 용의주도하게 대응했다. 골목이 워낙 비좁아 방어하기에도 안성맞춤이었다. 놈들이 한꺼번에 달려들지 못하고 겨우 두세 명씩 줄지어 공격할 수밖에 없었기 때문이다. 방어하는 입장에선 지형적 여건이 유리했다.

그는 날쌘 동작으로 발차기와 돌주먹을 날려 닛폰도로 협공해 오는 그들을 가차 없이 쓰러뜨렸다. 골목 바닥에 쓰러진 자들을 짓밟고 올라선 그는 앞으로 한 걸음씩 나아가면서 날렵한 발차기로 닛폰도부터 빼앗아 칼부림을 막고 전광석화처럼 돌주먹을 날리는 전법을 반복 구사했다. 그럴 때마다 그들은 제대로 된 공격 한번 못해 보고 곤두박질만 쳤다.

하야시 상이 문틈으로 지켜본 장면은 실로 통쾌했다. 자그마치 10여 명이 닛폰도로 무장하고도 맨몸뿐인 한 사람을 당해낼 재간이 없었던 것이다. 마침내 그들은 생명처럼 여기던 닛폰도까지 버리고 엉금엉금 기다시피 달아나기 바빴다. 하지만 골목 어귀를 빠져 나와 그들을 뒤쫓던 조선인 청년 박용주는 주춤하며 발걸음을 멈추었다. 앞이 확, 트인 쥬오도리 네거리와 마주쳤기 때문이었다.

쥬오도리 네거리는 마침 출근 시간이라 전차가 오가는 것 외에 도요타나 닛산 지토샤(승용차)며 도라쿠(트럭) 등이 달리고 갓길과 인도엔 지텐샤(자전거)를 탄 사람과 보행자들로 붐비고 있었다. 게다가 바로 눈앞에 나타나는 로터리 광장에는 닛폰도로 무장한 야쿠자 패거리 30여 명이 마치 시위대처럼 몰려 진을 치고 있었다.

아마도 긴자구미 야쿠자가 총출동한 모양이었다. 저들 말마따나 짐승 같은 비천한 조센진 한 사람을 잡기 위해 조직이 총출동하다니 용주가 생각하기에도 기가 막혔다. 어쩌면 저들의 유인책에 걸려들었는지도 몰랐다. 하지만 그는 결코 침착성을 잃지 않았다. 각종 차량이 오가는 로터리를 건너 저들이 집결해 있는 광장으로 대범하게 발걸음을 옮겨 놓았다. 저들의 칼부림에 쓰러지는 한이 있더라도 이 기회에 자신의 실력을 어느 정도 시험하고 싶은 충동도 느꼈기 때문이다.

그러나 그는 우선 오야붕을 만나 담판부터 짓고 싶었다. 광장 주변에는 긴 칼을 찬 경시청(경찰서) 준사巡査(경찰관)들이 2인 1조씩 배치돼 있었지만 닛폰도를 든 야쿠자들을 단속하기는커녕 보초를 서듯 한가롭게 뒷전에서 맴돌기만 했다. 야쿠자 집단의 영향력이 그만큼 강력한 탓인지도 모른다. 저들은 용주가 뚜벅뚜벅 발걸음을 옮겨 다가가자 잠시 주춤하며 길을 터주는가 했더니 아니나 다를까, 이내 포위하듯 에워싸는 거였다.

"오야붕을 만나러 왔소."

용주가 먼저 운을 뗐다.

그러자 제법 덩치가 우람해 보이는 야쿠자가 닛폰도를 빼 들고 불쑥 나타나 빈정거리는 투로 말했다. 거들먹거리는 행색으로 보아 긴자구미 중간 보스쯤 되는 것 같았다.

"건방진 놈! 어디서 굴러온 놈이야?"

"산가쿠마치 시다바리(종업원)오. 오야붕께 드릴 말씀이 있어 찾아왔시다."

"아, 하야시 노포의 그 후테이센진?"

"난 후테이센진이 아니라 순수한 조센진이오."

"고노야로(나쁜 놈)! 이 자식이 건방지게 우리 오야붕을 만나겠다니 이거 또라이(미친 놈) 아냐."

야쿠자는 주위를 둘러보며 조롱하듯 빈정거렸다.

그러고는 미처 말을 끝내기도 전에 손에 잡고 있던 닛폰도부터 치켜드는 거였다. 바로 그 순간 용주의 지카다비가 한발 앞서 허공을 가르며 순식간에 닛폰도를 걷어찼다. 닛폰도는 허공으로 치솟았다가 한 바퀴 돌며 바로 야쿠자의 발 앞에 떨어져 꽂혔다. 실로 불가사의한 묘기였다. 하얗게 질린 야쿠자가 한발 물러서며 후들거리는 순간 용주의 돌주먹이 놈의 턱을 갈겼다. 순간 야쿠자는 뒤로 벌렁 나자빠지고 말았다.

"그래, 내가 또라이다. 우얄래(어떡할래)? 조센진 또라이 주먹 맛이 어떻노? 바카, 바카야로!"

버럭 화가 치민 용주가 특유의 경상도 사투리로 또다시 포효했다. 그는 공격을 당하면 당할수록 동물적인 감각과 순발력으로 민첩하게 반격하는 묘기가 몸에 배어 있었다. 본능적인 방어능력! 이를 두고 귀신처럼 나타났다가 사라진다는 신출귀몰神出鬼沒이라 했다. 그는 닛폰도 떼거리에 포위당한 상태에서 조금도 흔들림이 없었다. 그러나 닛폰도만 믿고 있는 야쿠자들은 일도필살一刀必殺을 노리며 물러설 줄 몰랐다.

한순간에 닛폰도를 놓치고 역습을 당한 야쿠자 중간 보스가 큰 대짜로 뻗어버리자 우루루 몰려 있던 패거리들이 일제히 닛폰도를 휘두르기 시작했다. 하지만 용주는 순간적인 틈새를 놓치지 않고 허공을 나는 발치기와 돌주먹으로 위기를 돌파해 나갔다. 마치 가라테(태권도)와 복싱, 유도를 자유자재로 구사하는 만능의 격투기 선수처럼 동에 번쩍, 서에 번쩍 그야말로 신출귀몰했다. 오히려 광장의 공간이 넓어 비좁은 골목보다 대적하기도 훨씬 수월했다.

광장엔 어느새 오가던 사람들이 구름처럼 몰려들었다. 그중에는 하야시 상을 비롯해 산가쿠마치 주민들도 눈에 띄었다. 하루 공치는 한이 있더라도 '용사마'의 신출귀몰하는 결투 장면을 놓치고 싶지 않았기 때문이다. 이웃 주민들은 신바람이 나 두려움도 없이 '용사마! 용사마!'를 외치며 일방적인 응원전도 펼쳤다. 나이 지긋한 노인들은 "센고쿠(전국) 시대 이후 이런 결투는 처음 본다."고 혀를 내둘렀다.

일도양단一刀兩斷한다는 닛폰도가 30여 자루나 아침 햇살에 반사돼 눈부시게 번쩍거렸다. 1대 30. 가히 엄두가 나지 않았지만, 용주는 반사하는 햇빛을 등지고 역공으로 묘기를 맘껏 발휘했다. 게다가 뒤통수에 눈이 달린 듯 정면으로 맞닥뜨리는 자들보다 비겁하게 뒤에서 살짝, 달려드는 자들을 먼저 알아채고 급히 몸을 돌려 순식간에 발차기로 닛폰도를 걷어찼다. 비틀거리는 자들의 목덜미를 낚아채 구루시마(목조르기)와 박치기로 쓰러뜨려 초주검으로 몰았다.

사방에서 닛폰도가 번쩍이는 일촉즉발의 위기 속에서도 아슬아슬하게 잘도 피해 나갔다. 마치 신들린 사람처럼 허공을 휘젓는 닛폰도와 대적해 자그마치 20여 명이나 때려눕혔다. 그야말로 신기神技에 가까운 육탄 방어와 반격이었다. 시간이 얼마나 흘렀을까? 후테이센진이라 비웃던 박용주의 발차기와 돌주먹, 업어치기에 걸려든 야쿠자들은 하나같이 비실거렸다.

그들은 의식을 잃고 쓰러졌다가 가까스로 정신을 가다듬어 몸을 일으키면서도 방향감각을 상실해 마치 술에 취한 듯 비틀거리는가 하면 아예 거동도 못 하고 엉금엉금 기어서 달아나는 황당한 꼴을 보이기도 했다. 한때 공포의 대상으로 긴자를 주름잡던 야쿠자들이 패잔병처럼 널브러지다니 보는 사람마다 코웃음이 절로 나왔다. 세상에 구경도 이런 구경은 보기 드물 것이다.

광장으로 몰려나와 신나는 난투극을 지켜보는 구경꾼들 중에서 간간이 웃음과 박수 소리도 터져 나왔다. 활동사진(영화)에서 보던 영웅호걸의 결투는 아예 저리 가라였다. 그동안 저들의 횡포에 시달려 왔던 주민들에겐 청량제 같은 대리만족을 느꼈다. 이제 멀쩡하게 살아남은 자는 10여 명에 불과했다. 그들도 이미 전의를 상실하고 숨을 곳을 찾아 헤매고 있었다.

2. 교가쿠(협객) 탄생

2

교가쿠(협객) 탄생

박용주는 혈혈단신 맨주먹으로 악명 높은 야쿠자들과 엄청난 결투를 벌이면서도 지칠 줄 몰랐다. 용케도 어디 한군데 다친 데 없이 힘이 넘쳐났다.

"용사마, 간바레(힘내라)!"

"용사마, 반자이(만세)!"

일본인들의 응원과 박수 소리도 끊이질 않았다.

긴자구미 야쿠자의 패색이 짙어갈 무렵 어디선가 하얀 손수건이 한 장 날아왔다. 관중 속에서 한 사내가 던진 것이다. 어쩌면 긴자구미 오야붕이 날린 항복의 표시인지도 몰랐다. 차마 관중 앞에서 무릎을 꿇을 수 없어 그런 방법으로 백기를 든 것이리라. 이를 신호로 야쿠자 패거리들이 쫓기듯 광장에서 물러났다.

홀로 남아 저들의 흩어지는 모습을 물끄러미 바라보던 용주는 마침내 돌아서서 천천히 발걸음을 옮겨 놨다. 발 디딜 틈도 없이 몰려 있던 관중들이 박수를 치며 그에게 길을 터 주었다.

"용사마, 간바레!"

"다츠, 반자이!"

마침내 도쿄 한복판에 다츠(영웅)가 탄생한 것이다.

다츠란 흔히 '태양' 또는 '용'을 가리키는 말이지만 여기서는 '영웅'으로 해석된다. 잔뜩 흥분한 관중들이 앞다퉈 '다츠!'를 외쳤건만 정작 주인공 다츠는 너무도 무표정했다. 관중들의 환호를 받는 당당한 의인義人의 모습이었지만 그는 말없이 고개 숙여 고마움을 표할 뿐이었다. 자세도 흐트러짐이 없었다. 그가 펼친 한 편의 드라마는 이렇게 막을 내렸다.

그날 밤, 하야시 노포의 영업이 끝날 무렵 말끔한 가다마이(신사복) 차림에 나카오리(중절모)를 눌러쓴 한 사내가 하야시 상을 찾아와 정중하게 머리부터 조아렸다. 긴자구미 야쿠자 오야붕 히라타 마사오平田正雄가 보낸 사람이라고 자기소개를 했다. 일종의 진사사절陳謝使節인 셈이었다. 그는 마주친 박용주에겐 목례만 했을 뿐 대화를 삼갔다. 용주도 그자를 소가 닭 보듯 특유의 무표정으로 대했다.

그는 '히라타 오야붕을 대신해 사과하러 왔다.'고 했다. '물의를 일으켜 죄송하다.'는 말과 함께 '앞으로는 야쿠자들의 산가쿠마치 출입을 일체 금지하고 월정료도 받지 않겠다.'고 약속했다. 마침내 산가쿠마치에 평화가 찾아온 것이다. 도쿄 제일의 조선인 교가쿠가 탄생한 연유다.

교가쿠란 협객俠客을 뜻하는 용어. 대개 호방하고 의협심이 강한 사람을 가리키는 말이지만 사무라이의 후예임을 자처하는 야쿠자들은 온갖 불의를 자행하면서도 스스로 교가쿠라 불렀다. 그들에겐 사람의 목숨을 노리는 닛폰도가 있다. 그에 비하면 일제강점기 국내에선 시라소니(이성순), 긴또깐(김두한) 등 이른바 가다(어깨)들이 맨주먹과 발차기 묘기가 뛰어난 협객으로 유명세를 치렀다.

그 당시 일본 도쿄에 혜성처럼 나타난 조센진 협객 박용주는 시라소니보다 한 살, 긴또깐보다는 세 살 위였지만 국내에 전혀 알려지지 않았다. 시라소니가 일 · 중 전쟁 당시 만주에서 밀무역을 하다가 겐페이(일본군 헌병대)에 스파이 혐의로 붙잡혀 생사의 갈림길에 놓여 있을 때 우연히 박용주를 만나 살아났지만 시라소니는 단지 그를 조선인 출신 야쿠자로만 기억할 뿐이었다. 둘은 급박한 상황에 쫓겨 금방 헤어졌기 때문이다.

박용주의 고향은 경북 경산군 안심읍(현 대구광역시 동구 안심동) 속칭 반야월. 민족의 영산靈山으로 알려진 팔공산 남쪽 끝자락이다. 후삼국시대 고려 태조 왕건과 후백제 왕 견훤이 최대의 혈전을 벌였던 역사적 고장이기도 하다. 왕건이 팔공산 나들목 삼거리에서 견훤에게 대패하고 쫓기게 되자 호위무사 신숭겸이 왕건으로 변장하고 견훤과 맞붙었던 격전장이었다. 왕건이 견훤에게 대패한 고개라 하여 붙여진 지명이 파군재! 그 지명이 지금도 남아 있다.

왕건이 절체절명의 위기 상황에서 극적으로 살아난 곳이 한밤중 반달이 떠올라 길을 안내했다 하여 붙여진 이름이 반야월半夜月이다. 이후 '안심해도 된다'는 뜻에서 안심安心이라는 지명도 생겨났다. 현재 부도심권으로 발전한 대구광역시 동구 행정구역이다. 그러나 이곳은 신라가 개국하기 이전 서라벌 시대 낙동강 유역을 중심으로 형성된 부족국가 압독국押督國(현 경산시)의 변방이었다.

오랜 세월이 흐르고 왕건이 안심하고 쉬어가던 산비탈은 노송老松이 우거진 솔밭으로 변했다. 그래서 후세의 사람들은 이곳 노송을 가리켜 신송神松이라 불렀다. 고려 태조 왕건의 신령이 깃든 소나무라는 뜻이다. 풍상풍우風霜風雨 천년을 견디며 살아온 수림樹林에서 불굴의 기상이 넘쳐난다. 희대의 풍운아 박용주는 1915년 2월

7일 이곳 신송림神松林 아랫마을에서 태어나 솔숲을 놀이터로 삼아 성장했다. 눈만 뜨면 보이는 것이 고고한 신송과 접신接神할 수밖에 없는 환경이었다.

부모님은 마을 인근 일본 거류민이 경작하는 능금(사과) 밭에서 날품을 팔아 가까스로 생계를 이었고, 용주는 친구도 별반 없어 날이면 날마다 솔숲에서 노송을 타고 올라가 썩다리를 꺾었다. 썩다리란 경상도 사투리로 소나무의 썩은 가지를 가리키는 말이다. 그렇게 썩다리를 꺾어 모으면 하루 한 짐은 족히 되고도 남았다. 날품팔이에 고단한 부모님에게 땔감 걱정을 덜어드리기 위함이었다.

그는 자연스럽게 그런 과정을 거치면서 어느덧 동네에서 나무 잘 타는 아이로 소문이 났다. 나무와 나무 사이에 난 오솔길을 건널 때도 마치 날다람쥐처럼 허공을 날듯 건너뛰는 재주가 뛰어났다. 이른바 임도林道 뛰기. 미국 활동사진(무성영화)에 나오는 '타잔'을 쏙 빼닮은 모습이었다. 영양가 있는 음식은커녕 하루 세끼 꽁보리밥도 못 먹는 처지였지만 또래보다 덩치도 크고 손발도 큰 편이었다.

그래서 동네 어른들은 그를 보고 '팔공산 정기를 탔다.'고 입을 모았고 '신송의 영험을 받았다.'는 칭송도 들었다. 청소년기에는 주먹 힘을 키운다고 노송 둥치를 샌드백처럼 치는 운동을 반복하는 바람에 손등이 거북등처럼 갈라지고 핏자국이 마를 날이 없었다. 그렇게 단련된 손등 뼈마디에 굵은 알밤이 생기고 단단한 돌주먹이 된 것이다. 게다가 양쪽 발로 공중돌기를 하며 나무 사이를 오가는 날렵한 발차기 재주도 남달랐다. 누가 가르쳐 주지 않아도 자연에 동화돼 혼자 힘으로 몸을 만들며 체력을 키운 것이다.

그래서일까, 국민학교(초등학교) 때부터 힘이 장사였다. 감히 그를 당할 아이들이 없었다. 고향 마을에서 국민학교를 졸업하고 6년제 중학교인 대구 교남학교(현 대륜중·고교)에 진학해 씨름을 배우기 시작했다. 그러나 중학교 2학년 때 그의 재능을 알아본 체육 교사가 '씨름보다 유도를 가르치는 게 낫겠다.'며 학교 인근 일본 거류민이 운영하는 유도장으로 그를 데리고 갔다. 생판 처음 접해 보는 유도였지만 도장에서 훈련 중이던 또래 아이들과의 대련에서 업어치기 한 판으로 끝장내고 말았다.

이를 지켜본 체육 교사는 '피압박 민족인 우리가 일본을 이길 수 있는 방법은 일본인들이 좋아하는 유도를 연마해 힘을 키워야 한다.'며 유도 명문이던 서울 중동중학교 전학을 권유했다. 그 당시 교남학교에는 유도부가 없었기 때문이다. 하지만 그가 서울로 유학 가기엔 가정형편이 말이 아니었다.

고민 끝에 중동중학교 전학을 포기하자 체육 교사는 경북 성주 출신인 중동중학교 최규동(1882~1950) 교장에게 장문의 편지를 보내 학비 일체를 면제받고 기숙사까지 제공받는 조건으로 그의 전학을 주선했다. 그 당시 조선총독부의 교육정책에 따라 공립학교는 일본인 교장과 교사들이 주축을 이루었으나 중동학교는 최 교장이 1918년 설립해 조선인 사립학교로 운영해오고 있었다. 평생 2세 교육에 헌신해온 최 교장은 광복 후 서울대 3대 총장으로 취임했으나 1950년 6 · 25 남침 전쟁 때 납북돼 평양에서 별세했다.

용주에겐 최규동 선생이 잊을 수 없는 은사였다. 무일푼인 경산 촌놈이 말로만 듣던 서울로 올라가 최 교장의 각별한 도움을 받고 유도에 입문할 수 있었으니 얼마나 대단한 일인가. 게다가 중동학교는 유도가 취미나 특별활동이 아니라 모든 학생이 일주일에 두 시간 이상 이수해야 하는 필수과목이었다. 대구 교남학교 때부터 수업에 재미를 못 붙여 농땡이만 치던 용주는 중동학교에서도 틈만 나면 교내 도장에서 나뒹굴었다.

그 결과 4학년(현 고교 1년) 때 두 기수 선배를 제치고 유도부 주장을 꿰찼다. 실로 경이적이었다. 그러나 그런 학창 생활도 오래 가지 못했다. 5학년에 진학할 때까지 만사를 잊고 유도에만 전념해온 덕에 그 당시 중학생으론 보기 드물게 3단 승단昇段까지 했으나 조선 총독부 문부성이 공인해주지 않았다. 조선인이 운영하는 사립학교는 승단을 심사할 자격이 없다는 이유였다.

좌절한 그는 새 학기가 시작되기 전에 고향으로 내려와 버렸다. 유도 외엔 다른 학과목은 아예 관심도 없었고 배우고 싶은 의욕도 없었다. 그러나 막상 고향에 내려와 보니 사정은 서울에 비해 너무도 피폐했다. 일제강점기 조선총독부의 식민지 정책이 가혹했고 무엇보다 먹고사는 문제가 심각했다. 겨울을 나고 봄이 오면 묵은 양식이 다 떨어지고 초근목피草根木皮로도 살아가기 어려웠다. 이른바 춘궁기春窮期 보릿고개였다.

양식이 떨어진 절량농가에선 햇곡식(청보리)을 거두는 6월까지 들판의 풋나물을 뜯어먹고 심지어 소나무 껍질을 벗겨 먹어도 허기를 면할 수 없었다. 때문에 굶어 죽는 사람도 많았다. 그는 그런 보릿고개를 체험하며 어린 시절을 보냈지만 해가 바뀔수록 더 어려웠다. 팍팍한 인심에 겉보리 한 되박 구하기도 힘들어 축, 늘어진 가족들을 보고 차마 발길이 떨어지지 않았지만 '돈 벌어 오겠다.'는 말 한마디 남기고 집을 나섰다.

대구역에 나와 다시 서울행 열차에 몸을 실었으나 절망적인 한숨밖에 나오지 않았다. 그의 나이 20세. 가족의 생계를 책임질 때가 되었지만 속수무책이었다. 그동안 생각 없이 학교에 다니며 유도에만 매달려온 탓이었다.

"서울로 올라간들 무슨 재주로 돈을 버나?"

그는 넋이 나간 듯 혼자 구시렁거렸다.

"내킨 김에 일본으로 가자."

이런 생각 끝에 달리 고민할 필요도 없이 서울역에 도착하자마자 일본 영사관으로 달려가 도항증渡航證부터 신청했다.

도항증이란 조선에서 현해탄을 건너 일본으로 가는 일종의 여권이다. 그 당시 전국 곳곳에서 헐벗고 굶주리던 나머지 관부연락선을 타고 일본으로 건너가는 사람들이 많았다. 강제징용도 없던 시절. 일손이 부족한 일본에서 날품을 팔더라도 배불리 먹고 푼푼이 돈을 모아 고향의 가족들을 먹여 살릴 수 있었기 때문이다. 더러 운이 좋은 사람은 고정 수입이 보장된 직장에 취업해 목돈을 마련하고 고향에 땅뙈기를 사두는 여유도 보였다. 일본은 그만큼 경기가 좋았고 생활이 풍족했다.

그러나 그는 마음이 켕겼다. 순간적으로 최규동 선생의 온화한 모습이 떠올랐기 때문이다. 최 교장은 원래 유도인이었다. 승단은 못 했지만, 개교 때부터 유도부를 신설하고 도장에서 학생들과 어울려 낙법落法을 즐겼다. 최 교장 역시 피압박 민족의 설움을 딛고 극일克日 정신을 기르는 데엔 유도밖에 없다고 생각했다. 그래서 그는 특히 남달리 힘이 센 용주와 도장에서 대련하며 나뒹굴기를 좋아했다. 일찍이 용주의 재능을 알아보고 훌륭한 유도선수로 키워보겠다는 야심을 밝힌 적도 있었다.

그런 스승을 외면하고 돈 벌러 일본으로 가겠다니 말이 되는 소리인가? 하여 고심 끝에 생각해낸 것이 '조선총독부 문부성의 차별대우로 승단을 공인받지 못해 일본으로 건너가 천황이 인정하는 강도관講道館에서 승단시합을 해보고 싶다.'는 명분이었다. 이런 생각에 미치자 지체없이 최 교장을 찾아갔다. '고학을 해서라도 일본으로 건너가 승단시합에 응시해 공인을 받고 싶다.'고 했다. 최 교장은 뜻밖에도 반색하며 그의 결심을 즉석에서 승낙했다.

최 교장은 그가 도움을 받을 만한 일본인 지인에게 소개장까지 써주었다. 교육계에서 오랜 인연을 맺어온 가와모토 류지로川本柳又郎 메이지明治대학 교수. 메이지대는 유도 명문으로 일본 유도계의 총본산인 강도관을 관장하고 있었다. 강도관에서는 해마다 전국 승단시합을 개최했다. 천황이 친히 관람하는 최고의 승단 행사라 하여 '천람天覽대회'로 불린다.

어쩌면 용주가 너무 나갔는지도 몰랐다. 그저 적당히 둘러대고 학교를 중퇴하려던 것이 최 교장이 진정으로 받아들였기 때문이다. 난감했지만 그럴수록 '일단 떠나고 보자.'는 결심이 굳어졌다. 최 교장이 소개장을 써준 가와모토 류지로라는 이름에는 조선조朝鮮朝 낙동강변에서 건너온 경북 안동의 풍산 류씨柳氏 후손이라는 깊은 사연이 담겨 있다. 그는 일본인 신분이지만, 원래 조상은 임진왜란 당시 영의정(현 국무총리)을 지내고 '징비록懲毖錄'을 남긴 서애 류성룡 대감이다.

풍산 류씨 문중에서 펴낸 임진록에 따르면 서애 대감의 후손이 볼모로 잡혀가 일본에 정착했다는 것이다. 그래서 그 당시 침략자 도요토미 히데요시의 강권에 의해 창씨개명創氏改名을 했지만, 성씨 가와모토川本는 낙동강 본류를 가리키는 뜻이고 류지로柳又郞라는 이름은 풍산 류씨의 후손이라는 깊은 사연을 담았다고 했다. 최 교장이 용주에게 들려준 이야기다. 그러니까 가와모토의 직계 비조鼻祖가 임진왜란 당시 볼모로 잡혀가 창씨개명한 일본의 입향조入鄕祖인 셈이다.

조선조에서 일제강점기에 이르기까지 유민들의 기구한 인생유전

人生流轉을 보는 것 같다. 이제 현해탄을 건너 일본으로 가려는 조선 유학생 박용주도 그중 한 사람이다. 앞으로 그의 운명은 어떻게 될까?

박용주가 하야시 상과 인연이 닿아 처음 긴자 산가쿠마치 노포에 취업한 것은 불과 6개월여 전인 1935년 3월 하순. 도쿄에 도착한 첫날이었다. 전날 밤 부산항에서 관부연락선을 타고 이튿날 새벽 시모노세키항에 도착했다. 낯선 부둣가에 내리자마자 곧장 열차로 갈아타고 도쿄에끼(역)에 도착하기까지 꼬박 10시간이 걸렸다. 그 당시 일본의 대중교통도 열악하기 그지없었다.

막상 도쿄에끼에 도착하고 보니 수중엔 달랑 20엔(현재의 화폐가치로 2만 원)이 남았다. 서울을 떠날 때 최 교장이 여비와 입학금 등 상당액을 마련해 주었으나 고향집에 들러 굶주리는 부모님께 탈탈 털어주고 떠났기 때문이다. 그 당시 도쿄 거리는 가히 서울에 비교할 수 없을 정도로 휘황찬란했다. 마치 별천지에 온 느낌이었다.

그러나 이 별천지에서 그가 당장 먹고 잘 곳이 없었다. 륙샤쿠(일종의 배낭) 하나 달랑 메고 무작정 거리를 구경하다가 허기가 져 어느 골목길로 들어선 곳이 산가쿠마치. 무턱대고 발길 닿는 대로 찾아간 식당이 간판도 없는 허름한 하야시 노포였다. 마침 시마이(영업 마감) 시간이 돼 손님도 끊기고 홀이 텅 비어 있었다. 값이 제일 싼 냄비우동을 시켜 허겁지겁 국물까지 한 방울 안 남기고 다 마셨다.

이를 묵묵히 지켜보던 주인 하야시 상이 팔다 남은 스시 몇 조각을 더 얹어 주었다. 추레한 국민복 행색으로 보아 냄비우동 한 그릇으로는 간에 기별도 안 갈 것 같은 생각이 들었던 모양이었다. 40대 후반 또는 50대 초반의 하야시 상은 온화한 인상처럼 잔정도 있어 보였다. 울컥하는 감정에 사로잡힌 용주는 차마 입이 떨어지지 않았지만 용기를 내 어눌한 일본어로 운을 뗐다. 일본어는 국민학교 때부터 배웠기 때문에 어느 정도 소통이 가능했다.

"스미마생(실례합니다만) 저, 조선에서 온 유학생입니다."

"아이고, 그렇습니까. 축하합니다. 어느 대학에…?"

"아직 학교를 못 정했습니다. 오늘 막 도쿄에 도착했거든요. 쥬도(유도)를 배우러 왔습니다."

"하아, 쥬도! 우람한 체격을 보고 쥬도 선수가 아닌가 생각했지요. 하하. 내 생각이 맞았군요. 나도 쥬도를 좋아합니다. 열렬한 팬이지요."

"감사합니다."

"돈 떨어지고 배 고프면 언제든지 찾아오세요. 변변찮지만 정성껏 대접하리다."

하야시 상은 예상외로 친절했다. 용주는 내친김에 용기를 내 다시 말을 이었다.

"저어, 혹시 종업원이 필요하지 않습니까?"

"아, 하이(예) 바쁠 땐 혼자 힘이 들지만 워낙 벌이가 시원찮아서 종업원을 둘 형편이 안 되지요."

"그렇다면 저를 써주시지요?"

"아이고, 보시다시피 월급 주고 종업원을 고용할 형편이 안 됩니다."

"월급은 안 받아도 좋습니다. 먹고 잘 수만 있다면 무슨 일이든지 열심히 하겠습니다."

"잠이야 뭐, 저쪽 주방과 맞붙어 있는 조그만 다다미방에서 나와 함께 자고 밥도 내가 먹는 밥에 젓가락 하나 얹으면 되지만 공부하러 온 유학생에게 허드렛일을 맡긴다는 건 너무 심한 것 같아서…."

"아닙니다. 사쪼 상(사장님)이 허락하신다면 저는 아무래도 좋습니다. 무슨 일이든지 맡겨주십시오. 다 해낼 자신이 있습니다."

"그렇지만 무임금 노동은 법으로 금하고 있는데…."

"편하게 생각하십시오. 그저 먼 친척이 바쁘신 사쬬 상을 돕는 것으로 생각하면 되니까요."

"허허 참, 고집이 센 청년이군."

이렇게 하여 용주는 당장 눈앞에 닥친 침식 문제를 해결할 수 있었다. 하야시 상과 우연찮게 인연이 맺어진 사연이다.

쥬오도리 사건 이후 일주일쯤 지나 긴자구미 야쿠자 진사 사절로 찾아왔던 나카오리(중절모)가 다시 하야시 노포에 얼굴을 디밀었다. 이번에는 방문 목적이 하야시 상이 아닌 박용주라고 했다. 둘은 홀에서 조그만 식탁을 마주하고 앉았다.

나카오리는 정중한 자세로 간이의자에 엉덩이를 붙이고 연방 굽신거리며 단도직입적으로 말문을 열었다.

"저희 오야붕께서 용사마 상을 한 번 뵙기를 원하시는데 시간을 좀 내줄 수 있겠습니까?"

용주는 시무룩한 표정으로 잠시 뜸을 들이다가 은근히 목에 힘을 주고 말머리를 돌렸다.

"거, 높은 자리에 있는 다이니혼진(대일본인)이 다 떨어진 후테이센진(천한 조선인)을 만나 뭘 어쩌겠다는 겁니까?"

처음부터 숫제 비꼬는 말투였다.

"아니, 아나타(당신)! 조센진이라 했습니까?"

나카오리가 갑자기 놀란 표정으로 눈을 크게 뜨며 용주를 똑바로 쳐다봤다.

"하이(예), 조센진!"

용주는 여전히 무덤덤한 투로 답했다.

"어, 우야다가 여서(어떡하다가 여기서) 우리 동포를 만나다이, 참, 반갑심니더. 내도 조선 사람입니더."

나카오리는 당장 일본말을 접고 조선말로 바꿨다. 그것도 순 경상도 사투리였다. 그제서야 용주는 긴장을 풀며 자세를 가다듬었다.

"예, 저는 경상도 경산 사람입니더."

"머라(뭐라) 카노, 경산 사람이라꼬?"

나카오리는 또 한 번 까무러치듯 놀란 표정을 지었다.

"예, 제 고향이 경산 반야월입니더."

"아이고 마, 내 고향은 팔공산 아래 반야월 바로 동쪽 동호동이라 카이. 아이고 반갑소. 우리 형제!"

나카오리는 반색을 하며 덥썩 용주의 손을 잡고 흔들었다.

세상일이란 참으로 알고도 모를 일이었다. 오가다 옷깃만 스쳐도 인연이라더니 일본 도쿄 한복판에서 고향 사람을 만날 줄이야. 어쩌면 기이한 인연인지도 몰랐다. 그러나 나카오리는 용주를 만나기 전까지 조선인 신분을 감추고 줄곧 일본인 행세를 해 왔다. 후테이센진이라는 조롱을 받기 싫었기 때문이라고 했다. 그래서 고작 한다는 짓이 야쿠자 오야붕 밑에 빌붙어 잔심부름이나 하고 다닌단 말인가? 용주는 당장 거부감을 느꼈으나 내색을 하지 않았다.

통성명을 한 나카오리는 자신의 본명을 한덕수韓德銖(1907~2001)라고 밝혔다. 창씨개명은 안 했지만 야쿠자계에선 일본식 이름으로 그냥 '도쿠히데'로 부른다고 했다. 나이가 용주보다 여덟 살이나 많았다. 그래서 용주는 자연스럽게 아네키(형)로 대접했다.

3. 다이묘大名의 분노

3

다이묘大名의 분노

나카오리, 도쿠히데 두 얼굴의 사나이 한덕수는 누구인가? 조총련(재일조선인총연합회) 의장으로 김일성 · 김정일 2대에 걸친 북한 공산왕조에 충성을 바친 그 한덕수를 말한다. 그는 10대 후반에 일본으로 건너가 도쿄만의 부두노동자로 잔뼈가 굵어지자 코민테른(국제공산주의연맹)에 가입해 뼛속까지 철저한 공산주의자로 변신한다.

도일 10년 만에 야쿠자가 장악한 도쿄만의 조선인 부두노동자들을 규합하고 노동조합을 결성해 조합장이 된다. 이후 본격적인 노동운동에 뛰어들지만, 노조와 야쿠자는 떼려야 뗄 수 없는 관계였다. 때문에 그는 일종의 공작금인 노조기금을 마련하기 위해 긴자 암흑가에서 야쿠자계의 비호를 받으며 불법 하우스(도박장)까지 운영했다.

하루 벌어 하루 먹고 사는 부두노동자들을 봉으로 삼아 등골을 빼먹고 개평을 뜯어 긴자구미에 상납하기도 했다. 그 당시 부두노동자들은 대개가 자이니치(재일 조선인)들이었다. 결과적으로 조선인 노동자들의 등골을 빼내 야쿠자의 입에 넣어주는 방식으로 살아남는 길을 모색한 것이다. 긴자구미 오야붕 히라타의 꼬붕이 된 연유다.

용주는 이 사실을 뒤늦게 알게 되지만 한창 외로웠던 시절 한덕수를 무조건 고향 선배로만 생각하고 호감으로 대했다. 그만큼 그는 연고緣故의식이 강했다. 뜻밖에도 한덕수와 박용주의 대화가 두고 온 고향 이야기로 이어지자 비로소 안심한 하야시 상이 간단한 주안상을 차려와 용주 옆자리에 앉았다.

"자, 우리 이바구(이야기)는 앞으로 자주 만나 회포를 풀기로 하고 내가 오늘 동생을 찾아온 이바구부터 해야겠다."

한덕수는 아예 터놓고 용주를 막냇동생 취급하듯 말을 함부로 했다.

"실은 우리 오야붕께서 직접 자네를 만나 지난번 쥬오도리 사건에 대해 사과하겠다 캐서 내가 특사로 왔능기라. 뭐, 특별한 거는 없고 앞으로 서로 형제애로 잘 지내보자 카는 뜻에서…."

"헹님! 방금 뭐라 캤능교. 형제애요?"

"그렇다 카이. 형제애!"

그러나 용주는 맺고 끊는 데가 분명했다.

"아, 보이소. 행님! 입은 삐뚤어져도 말은 바른대로 카라꼬 행님은 안 당해 봐서 잘 모르겠지만 내는 아직도 치가 떨린다 아입니꺼. 아, 저그 말마따나 짐승 같은 후테이센진과 덴노 헤이카(천황 폐하) 신민臣民이 우에(어떻게) 형제애로 살아갈 수 있겠능교?"

"어이, 동생! 그건 오해라 카이. 일본과 조선은 하나! 그래서 나이센 잇타이內鮮一體라 안 카나."

"하하. 나이센 잇타이? 그라고 보이 행님도 친일파가 다 됐구마요."

용주는 분을 삭이지 못해 씩씩거렸다.

"동생아! 흥분하지 말고 들어보거래이. 인자 친일파는 조상 탓으로 돌리고 우리는 나이센 잇타이 해야 안 되겠나, 어떻노?"

"하하. 짐승 같은 후테이센진이라꼬 인간 취급도 안 하던 것들이 인자(이제) 와서 나이센 잇타이라 카이, 소가 웃을 일이네."

"보래이, 동생! 내도 동생 맘 잘 안다 아이가. 피차에 싸우지 말고 형제처럼 잘 지내보자는 뜻이께네 오해는 하지 말거래이. 우야든동(어쨌든) 우리 오야붕 한 번 만나 봐라 안 카나. 듣기보다 좋은 사람이다. 동생한테 긴히 할 말도 있다 카더마."

"아, 헹님은 밸도 없능교?"

"밸이 있고 없고 간에 좋은 기 좋다꼬 서로 좋게 지내자 카능 기라."

"헹님한테는 미안한 소립니다마는 정 사과하고 싶으믄 오야붕이 사내답게 직접 찾아올 것이지 중간에 사람을 넣어 가지고 오라, 가라 카는 거, 이기 뭐하는 짓잉교? 내, 아직 젊은 나이지만 이런 경우는 처음 본다 카이요."

"저어, 실은 긴자를 지배하고 있는 오야붕의 체통도 좀 생각해 줘야 안 되겠나. 나이도 불혹(40세)인데 오야붕의 자존심을 동생이 좀 살려주시게. 오늘 초면에 미안한 말이지만 명색이 고향 선배인 내 입장도 좀 생각해 줘야 안 되겠나."

나카오리 한덕수는 통사정으로 나왔다.

이때 둘이 티격태격하는 것을 눈치로 알아챈 하야시 상이 불쑥 끼어들었다.

"용사마 상! 이 양반이 다녀간 후 우리 산가쿠마치에 평화가 오지 않았소? 그리 알고 네 생각엔 오야붕의 호의를 받아들이는 게 좋을 것 같소."

"사쪼 상! 저들이 온갖 횡포와 난동을 다 부려놓고 이제 와서 사과할 마음이 있다면 직접 찾아오는 것이 당연한 도리가 아닙니까. 제가 어디 그른 말을 합니까?"

용주는 정색을 하고 하야시 상에게 반문했다.

"맞아. 그른 말이 아니라 바른 말이지. 그렇지만 오늘 모처럼 고향 선배님도 만났으니 선배 체면도 좀 살려줍시다. 앞으로 그런 일은 없을 테니까 이번 기회에 한 번 만나 보시오. 내가 보기에는 꼬붕들이 문제지 오야붕은 정의롭고 인품이 훌륭합디다. 내가 주민들을 대표해서 오야붕을 찾아가 직접 만나고 오지 않았소. 그것이 이번 사건의 단초가 되긴 했지만 말이오."

그제서야 용주는 못 이긴 척 몸을 일으켰다.

한덕수 말마따나 명색이 고향 선배의 체면도 살려주고 오야붕을 만나 앞으로 산가쿠마치에는 얼씬도 않겠다는 확실한 약속도 받아내고 싶었기 때문이다. 게다가 긴밀히 나눌 얘기도 있다고 하니 궁금하기도 했다. 나카오리 한덕수의 태도로 보아 설마 함정을 파놓고 유인하는 건 아닐 거라고 나름 판단했다. 어쨌든 중간에 나선 나카오리는 비록 초면이지만 머나먼 이국땅에서 만난 고향 선배가 아닌가 말이다.

용주는 준비된 외출복도 없어 국민복 차림에 작업용 지카다비 신발 그대로 한덕수를 따라나섰다. 하지만 한덕수를 전적으로 신뢰할 수 없었다. 혹여 저들이 파놓은 함정에 빠져 봉패逢敗를 당할 우려도 없지 않았지만 내심 주어진 운명에 맡기기로 했다. 천지사방 낯선 이국땅에서 불행한 일이 닥쳐도 어떻게 피할 방법이 없지 않은가. 풀이슬 같은 인생 앞으로의 일은 오직 운명에 맡길 수밖에 없다고 생각했다.

히라타 마사오平田正雄, 나카오리 한덕수가 알려준 긴자구미 야쿠자 오야붕의 이름이다. 흔히 '히라타 오야붕'으로 부른다고 했다. 솔직히 '고향'을 미끼로 접근하는 한덕수의 속내를 알 수 없지만 적어도 겉으로는 진정성이 있어 보였다. 터놓고 고향 이야기를 나누는데도 그의 진정성을 느낄 수 있었다. 어쩌면 낯선 도쿄에서 힘겹게 살아가는 데 도움이 될지도 모른다고 생각했다.

히라타의 사무실은 인파로 붐비는 긴자 중심가의 조용한 뒷골목 끝자락에 위치해 있었다. 산가쿠마치에서 두어 마장 떨어진 거리. 걸어서 10분 남짓한 곳에 자리 잡은 흡사 여염집 같은 단층 건물이었다. 마침 단정한 가다마이 차림에다 일본인 특유의 짧은 콧수염을 기른 오야붕 히라타가 사무실 앞에서 혼자 서성거리며 마중 나와 있었다. 예측했던 것과는 달리 나름 귀빈(귀한 손님)을 맞이하는 예의를 갖춘 모습이었다.

용주가 조심스럽게 주위를 경계하며 한 걸음 앞서가는 한덕수의 뒤를 밟아가자 히라타가 웃음 띤 얼굴로 다가와 먼저 손을 내밀었다.

“아이고, 용사마 상! 반갑습니다. 저, 히라타 마사오입니다.”

“네, 조센진 박용주 올시다.”

둘은 서로 통성명하며 악수를 나누었다.

용주는 자신을 소개하며 조선인임을 떳떳하게 강조했다. 여기에다 히라타의 위세에 눌려 있던 한덕수가 ‘알고 보니 용사마 상이 제 고향 후배’라며 한술 더 떴다. 이번 기회에 자신의 위상을 한껏 높이고 싶었던 모양이었다.

히라타는 생각했던 것보다 겸손했다. 악의가 없고 야쿠자 오야붕답지 않게 의식적으로 수더분한 태도를 보였다.

“제가 직접 찾아봬야 하는데 오시게 해서 미안합니다.”

히라타가 깍듯이 대하자 용주는 비로소 긴장을 풀며 머리를 숙였다.

"아니올시다. 연세 높으신 어른보다 젊은 제가 찾아뵈어야 도리지요. 그러지 않아도 뜻밖에 고향 선배님을 만나 기쁜 마음을 금할 수 없습니다."

용주는 한 걸음 뒤처진 한덕수에게 눈길을 주며 말했다.

"아, 도쿠히데 상! 고맙소. 두 분께서 앞으로 자주 만나셔야겠군요."

뒤따르던 한덕수가 한 걸음 다가오며 말했다.

"하이, 그래야겠지요. 저도 뜻밖에 고향 후배를 만나 얼마나 반가운지 모르겠습니다. 오야붕께서 격려해주시니 그저 감사할 따름입니다."

그러나 박용주는 한덕수의 아첨이 도를 넘은 것 같아 듣기 거북했다.

"자, 누추합니다만 저의 사무실에 들어가서 차나 한잔하시지요."

히라타가 문이 열린 사무실로 안내하자 사무라이 복장이 아닌 가다마이 차림의 가다(어깨)들이 나란히 도열해 있다가 일제히 허리를 굽혀 정중하게 맞이했다.

"귀빈을 뵙게 되어 영광입니다."

용주는 말없이 그들을 응시하며 약간 머리 숙여 답례했다. 중동학교 유도부에서 익힌 인사법인가? 결코 기죽지 않는 늠름한 태도가 오히려 그들을 주눅 들게 했다.

비교적 큰 사무실에는 한 여남은 명이 앉을 만한 서양식 응접탁자와 가죽 소파 두 세트가 가지런히 놓여 있었고 그 상단에 커다란 책상과 안락의자가 배치돼 있었다. 히라타의 집무 공간이었다. 야쿠자 오야붕이 무슨 집무를 보는지 알 수 없지만, 어느 중견기업의 사무실처럼 제법 그럴싸하게 구색을 갖춰 놨다. 둘은 응접세트 상석에 마주 보고 앉았다. 한덕수도 용주 옆에 앉았으나 말을 아꼈다. 야쿠자계의 법도가 그랬다.

히라타는 먼저 산가쿠마치와 쥬오도리 사건에 대해 '철부지한 꼬붕들의 망동'이라고 지적하며 정중히 사과했다. 그리고 재발 방지를 다짐하고 산가쿠마치의 상권 보호도 약속했다. 그러나 그가 용주와의 회동을 요청한 목적은 정작 다른 데 있었다. 잠시 뜸을 들이던 그는 진지한 표정으로 말문을 돌리기 시작했다.

"저희 문제는 이 정도로 일단락 짓겠습니다만 실은 용사마 상 문제가 남아 있습니다."

순간, 용주는 의아한 표정을 감추지 못했다. 혹여 교활한 야쿠자의 함정이 아닌가 하는 생각이 퍼뜩 뇌리를 스쳤기 때문이다.

"아니, 제 문제라니오?"

"하이, 용사마 상 문제! 하하. 놀라지 마십시오. 용사마 상의 무도武道가 그야말로 비룡飛龍과 같아 저희 조직에서 대적할 사람이 없다는 사실을 인정하고 있습니다."

"과찬의 말씀…, 전 솔직히 위기가 닥치면 본능적으로 대응할 뿐 특별한 재주가 있다고 생각지 않습니다."

"어쨌든 참, 대단하십니다. 그래서 터놓고 드리는 말씀인데 그날 사건 이후 제 입장이 매우 난처하게 되었습니다. 조직도 크게 흔들리고 있고…."

"무슨 말씀이신지… 가다(어깨)들 세계에선 항용 있는 일이 아닙니까?"

"하지만 솔직히 조직 전체가 패배의 쓴맛을 본 것은 이번이 처음입니다. 충격이 이만저만이 아닌 데다 후유증도 심각합니다. 물론 조직 관리를 제대로 못 한 저의 책임을 통감합니다만…."

히라타가 소상히 밝힌 저간의 사정에 따르면 무려 100여 년간 순풍에 돛단 듯 순조롭게 조직을 키워온 긴자구미 야쿠자가 절체절명의 위기에 놓여 있다는 거였다.

도쿄 본령本領(총본부)의 다이묘大名에게 불려가 심한 질책을 받았다고 했다. 다이묘란 센고쿠戰國 시대와 에도(막부) 시대의 봉건 영주領主를 가리키는 말이지만 야쿠자계에선 그 시대의 사무라이 정신武士道을 계승한 최고 오야붕이라는 뜻에서 붙인 극존칭이다.

그래서 히라타는 본령의 진상조사까지 받고 풀려나긴 했지만 자신의 운명이 풍전등화와 다름 없었다. 목숨보다 아끼는 조직의 명예를 실추시킨 혐의로 중징계에 회부되고 자칫 파문당할 위기에 처할지도 모르기 때문이다. 파문이란 조직에서 영원히 제명당하는 것을 말한다. 야쿠자계의 법도가 그만큼 엄격하다고 했다.

세계적인 거대 도시 도쿄 도내都內 12개 지파支派를 거느리고 있는 본령 최고 오야붕인 다이묘의 본명은 야마모토 오타로山本太郎이다. 하지만 조직에서는 '오야마大山'로 통칭한다. 야쿠자계의 큰 산이란 뜻이다. 50대 중반의 중후한 인품으로 알려져 있다. 악명 높은 야쿠자계의 최고 오야붕이라기보다 일본 정 · 관 · 재계에 두루 영향력을 행사하는 거물급 다이묘로 알려져 있다. 물론 검은돈이지만 재력도 탄탄하다고 했다. 정 · 관 · 재계에서도 그를 보고 '오야마 다이묘'로 부른다. 야쿠자계의 큰 세도가라는 뜻이기도 하다.

원래 조선은 산악지대여서 백두산 · 지리산 · 태백산 등 고산준령

高山峻嶺이 많지만 1,200여 개의 크고 작은 섬으로 이루어진 일본 열도에는 후지산富士山 외에는 산다운 산이 드물었다. 그래서일까, 산을 그리워하는 일본인들의 이름과 지명에는 유달리 '야마(산)'라는 단어가 많이 들어가 있다. 야마모토山本, 오야마大山 등등. 일본 군국주의 상징인 '야마토 타마시大和魂'에도 큰 산이 그늘을 드리워 작은 산들을 포용한다는 뜻이 담겨 있다. 동아시아 제국을 지배해 일본과 함께 번영하겠다는 다이토아 교에이켄大東亞共榮圈이 그랬다.

다이묘 야마모토는 '오야마'라는 자신의 별호를 즐겨 사용했다. 도쿄 시내 요지에 경영하는 고급 료칸(여관)과 료테이(요정)의 상호도 '오야마'다. 오야마 료칸은 데이고쿠 호텔이나 오쿠라 호텔에 버금가는 규모다. 특히 오야마 료테이는 전통적인 헤어스타일과 기모노 차림의 게이샤(기생) 오카미女將의 가부키(전통적인 가무歌舞)가 유명해 고관대작들이 주연을 베풀 때마다 단골로 찾고 있다. 그런 그가 좀체 얼굴을 내밀지 않고 그림자 정치로 도쿄 암흑가를 장악하고 있는 것이다.

히라타의 이야기인즉슨 쥬오도리 사건 이후 보고를 접한 오야마 다이묘가 격분해 온몸을 부르르 떨며 긴급 참모회의를 소집했다는 것이다. 맨주먹뿐인 후테이센진 청년이 30여 명이나 되는 야쿠자 집단을 단숨에 때려눕혔다는 사실을 도저히 믿을 수 없었기 때문이다. 하지만 그것은 엄연한 사실이었다. 오야마 다이묘에게 불려간 패장 히라타는 납작 엎드려 사시나무 떨듯 오돌오돌 떨어야 했다.

닛폰도로 무장한 야쿠자 조직, 그것도 도쿄 한복판을 장악하고 있는 긴자구미가 일시에 무너지다니 생각할수록 기가 막혔다. 오야마 다이묘는 불끈 쥔 주먹으로 앞에 놓여 있는 교자상을 쾅쾅 치며 노한 목소리로 외쳤다.

"후테이센진 조무래기 한 놈에게 닛폰도를 든 야쿠자 30명이 묵사발이 되다니 도저히 있을 수 없는 일이다. 앞으로 어떻게 얼굴을 들고 야쿠자 행세를 할 수 있겠나?"

오야마 역시 후테이센진 박용주를 우습게 봤다.

그러나 그것으로 끝날 일이 아니었다. 세계 3대 패밀리로 사무라이 전통을 계승해 왔다고 자부해온 도쿄 야쿠자계의 입장에서 볼 때 치욕도 이런 치욕은 없었다. 그렇다고 오야마 말마따나 후테이센진(천한 조선인) 조무래기 한 놈을 응징하기 위해 본령의 훈련된 무사들을 동원하고 도쿄 시가지를 피바다로 만들 수도 없는 노릇이 아닌가 말이다.

그러나 야쿠자계는 다이묘의 말 한마디가 곧 법이었다. 명령 한마디면 도쿄 시가지를 피로 물들일 수도 있다. 하지만 이럴 때일수록 부끄러운 줄 알고 자중해야 하지 않을까? 오야마 다이묘로선 고민이 이만저만이 아니었다. 조선의 속담처럼 빈대 한 마리 잡기 위해 초가삼간을 태우는 것과 무엇이 다른가. 생각할수록 깊은 고뇌에 빠져 한숨밖에 나오지 않았다.

용사마라 했던가? 도쿄 다츠는 오야마 자기 혼자뿐인 줄 알았는데 난데없이 새파란 후테이센진 나부랭이가 나타나 도쿄 다츠로 행세하고 있다니 실로 기가 막혔다. 그 후테이센진은 어쩌면 조선을 침략하고 식민지로 삼은 다이닛폰大日本을 응징하기 위해 만능의 신이 보낸 괴물인지도 모른다. 도무지 평범한 인간으로 보이지 않았기 때문이다.

"천하의 닛폰도로 무장한 우리 야쿠자 30여 명이 후테이센진 조무래기 하나 감당하지 못하다니 사무라이의 명예를 위해 셋부쿠라도 결행해야 할 것 아닌가?"

죽었다고 복창하고 엎드려 벌벌 떨고 있는 히라타를 향해 고함을 지른 오야마의 격노한 목소리. 셋부쿠割腹란 센고쿠戰國 시대부터 전해 내려온 사무라이 전통이다. 전쟁에서 패배한 사무라이가 치욕을 견디지 못해 닛폰도로 자신의 배를 갈라 자결하는 것을 말한다.

4. 장인 정신과 사무라이 정신

4

장인 정신과 사무라이 정신

오야마 다이묘는 긴자 쥬오도리 사건을 아무리 생각해 봐도 믿을 수 없고 이해할 수도 없었다. 마치 일본 괴수전怪獸傳에 나오는 귀신에 홀린 기분이었다. 연방 긴 한숨만 삼키며 탄식했으나 별 뾰족한 대안이 떠오르지 않았다. 전후 상황을 일일이 리바이벌하고 확인해 봤지만 새파란 조센진 청년이 맨주먹으로 날카로운 닛폰도를 든 야쿠자 30여 명을 한꺼번에 격파한 것은 분명한 사실이었다. 결코, 믿고 싶지 않았지만, 사실을 사실대로 받아들이지 않을 수도 없었다.

그래서 그는 긴급 참모회의를 소집하고 대책을 논의한 끝에 마침내 의기투합한 것이 적군과의 동침 즉, 적을 아군으로 만드는 방안이다. 가히 신기에 가까운 불가사의한 무술을 자유자재로 구사하는 조센진 청년 박용주가 범상하게 보이지 않았기 때문이다. 그런 자를 단순히 후테이센진이라 하여 무시하거나 적대시할 게 아니라

'동지로 끌어안아 우리 편으로 활용해야 한다.'는 결론에 이른 것이다. 어쩌면 진흙 속에서 진주를 캐내는 기회가 될지도 몰랐다.

그 조센진 청년을 야쿠자로 입문시켜 잘만 이용하면 충복으로 키울 수도 있을 것이다. 솔직히 오야마 다이묘의 곁에는 신뢰할 만한 호위무사가 눈에 띄지 않아 고심하던 중이었다. 게다가 일 · 러 전쟁 이후 태평성대가 도래하자 그동안 일사불란하게 똘똘 뭉쳐 있던 도쿄 본령 산하 각 구미(지파)에서 '모찌 하나 더 먹겠다.'며 이권에 눈독을 들이고 갈등을 조장하는 세력 다툼이 고개를 들기 시작했다. 이른바 헤게모니 쟁탈전. 그들은 경쟁적으로 조직을 확대하고 세를 키워 중앙으로 진출하려는 움직임까지 보이고 있었다. 자칫 이를 방치하다간 도쿄 혼마치(본령)에 도전하는 반역세력이 될지도 모른다.

이미 그런 조짐이 나타나고 있었다. 한 달에 한 번씩 열리는 정기적인 지역 오야붕 회의에서도 12개 지파 중 적어도 4~5개 지파가 혼마치에서 이탈해 독자적으로 활동하겠다는 노골적인 의사를 밝히기도 했었다. 지금은 그런 구미(지파) 오야붕들을 설득하고 있지만 언제 돌아설지도 모른다. 만약 그들이 배신한다면 혼마치 차원에서 단호히 수습하지 않을 수 없다. 그러기 위해서는 무엇보다 혼마치의 힘을 키워야 했다. 닛폰도 대 닛폰도보다 종횡무진으로 발차기와 돌주먹을 휘두르는 조센진 청년 박용주가 천군만마의 힘이 될 수 있을 것이다.

단결을 도모하고 일사불란하게 움직이는 도쿄의 거대한 나와바리(영역)를 지키기 위해서도 위계질서를 바로잡는 일이 시급했다. 이미 독립한 오사카구미를 비롯해 일본 열도 전체의 천하 통일을 위한 헤게모니 장악도 도쿄 혼마치의 오랜 숙원이었다. 이럴 때일수록 힘을 모아 세를 과시해야 한다. 그래서 그는 천군만마 같은 조센진 용사마를 요긴하게 써먹을 수 있는 방법을 모색해야 한다고 생각했다.

하여 오야마 다이묘는 박용주를 일단 한 번 만나 자신의 눈으로 직접 확인해 보기로 작심했다. 그 중재역이 긴자구미 오야붕 히라타에게 맡겨진 것이다. 히라타가 나카오리 한덕수를 보내 용주를 초청한 이유다.

"용사마 상께서 어떻게 생각하실지 모르겠지만 특별한 사연이 없는 한 저희도 한 달에 한 번 정도 공식 석상에서 다이묘를 뵙는 것이 고작입니다. 그런데 다이묘께서 친히 용사마 상을 초청해 차 한 잔 나누시겠다니 대단한 영광이 아닙니까."

"대단한 영광?"

히라타는 처음부터 큰 기대를 걸고 뜸을 들였으나 용주는 뜻밖에도 냉랭한 반응을 나타내며 비웃음을 흘렸다. 종주국 일본에 대한 저항의식보다 원래 타고난 기질이 그랬다. 어릴 때부터 일본 거류민의 과수원에서 날품을 팔던 부모님이 후테이센진이라는 이유로 멸시받던 영향도 잠재해 있을 것이다. 그래서일까, 그는 대수롭지 않은 일본인의 말 한마디도 그냥 받아넘기지 않고 곱씹어보는 습관이 몸에 배어 있었다.

"아, 달리 오해는 마시고 저희 다이묘의 호의를 순수하게 받아주십시오. 다이묘께서 용사마 상의 이야기를 전해 듣고 한 번 만나 보고 싶어 하시니까요. 하하."

"글쎄, 다 떨어진 식민지 후테이센진 무지렁이가 갑자기 종주국 야쿠자계의 다이묘를 뵙게 되다니 도무지 이해가 안 돼 그렇습니다. 저는 그저 사양하고 싶은 마음입니다."

"아니, 사양하다니오? 달리 오해는 마시고 호의로 받아주십시오."

히라타는 짐짓 당황한 표정을 감추지 못했다.

그러나 용주의 무표정한 태도는 변함이 없었다.

“우리 조선의 속담에 송충이는 솔잎만 먹어야 한다는 말이 있습니다. 저는 다만 산가쿠마치 노포의 시다바리일 뿐입니다. 그런 미천한 제가 감히 천하를 도모하는 다이묘를 뵙는다는 것 자체가 말이 안 된다고 생각합니다.”

“아, 저희 다이묘께서 이번 사건을 계기로 용사마 상을 다시 한번 생각하게 되었다는 뜻이지요.”

“…?”

“용사마 상께서도 잘 아시겠지만 우리 야쿠자계의 위계질서는 다이묘의 말씀 한마디가 곧 법입니다. 부디 제 입장도 좀 생각해 주십시오. 전 지금 사면초가에 몰려 파문당할 위기에 처해 있습니다.”

“….”

용주는 말문이 막혀 잠시 침묵을 지켰다.

회유? 함정? 난데없이 이런 생각도 뇌리를 스쳤다. 히라타 말마따나 그 유명한 다이묘가 미쳤다고 이름도 없는 일개 후테이센진을 친히 만나겠다고 면담을 요청하겠는가? 필시 무슨 음모나 속절이 있을 것이다. 결코 자존심을 꺾고 맹목적으로 다이묘의 면담 요청을 받아들이고 싶지 않았다. 하지만 히라타는 간절한 표정으로 통사정을 했다.

그는 닛폰도만 믿고 꼬붕들을 풀어 용주와 한 판 붙었다가 참패해 중징계의 위기에 몰려 있지 않은가. 선의로 생각하면 어제의 적이 오늘의 동지가 될 수도 있다. 평생을 야쿠자로 살아온 자가 자칫 중징계를 받고 파문당하면 오갈 데도 없다. 어쩌면 보복을 당할 위험이 도사리고 있는지도 모른다. 다이묘가 오죽했으면 셋부쿠(할복)로 자결하라고 호통을 쳤겠나. 사면초가에 몰린 히라타의 풀죽은 모습을 보면 용주는 처연한 생각을 지울 수 없었다.

'애먼 사람 하나 살려놓고 봐야겠다.'

이렇게 판단한 그는 마침내 히라타의 간청을 못 이긴 척 받아들이게 된다.

이튿날 오후. 용주는 하얀 한소대(반팔 셔츠)에 깔끔한 국민복을 받쳐 입고 머리에는 도리우치(납작모자)를 눌러 썼다. '야쿠자 본령의 다이묘를 만나러 간다.'는 말을 전해 들은 하야시 상이 급히 마련해준 새 옷이었다. 도쿄에 정착한 이후 허름한 단벌 국민복을 벗고 새 옷으로 갈아입기는 처음이다. 하야시 상은 용주가 다이묘를 만난다는 말을 듣고 처음엔 긴가민가하며 자신의 귀를 의심했으나 하라타가 다쿠시(택시)를 타고 동행하는 것을 보고 기정사실로 받아들였다. 그는 그만큼 때 묻지 않은 사람이었다.

히라타와 용주를 태운 다쿠시는 도쿄 한복판의 랜드마크 니혼바시日本橋를 지나 불과 20분 만에 도쿄에끼(역) 뒤편 혼마치(본정통本町通)의 너른 대지 위에 우뚝 선 고풍스러운 저택에 당도했다. 다이묘 오야마가 거처하는 에도(막부) 시대의 전통가옥이었다. 일본 국민이면 누구나 엄숙하게 예를 갖추고 참배한다는 신사神社의 모양새와 흡사했다.

고택 앞에는 좌우 양쪽에 붉은 색깔의 둥근 기둥 두 개를 세우고, 그 사이 꼭대기에 지붕도 없는 화살 모양의 나무 살을 촘촘히 박아놓은 대문이 방문객의 발걸음을 일단 멈추게 한다. 이른바 홍살문紅箭門. 삼지창으로 악귀를 물리치고 액운을 쫓는다는 전설의 문이다.

황당하게도 다이묘의 별호를 딴 오야마 의숙 〈대산의숙大山義塾〉이라는 커다란 현판이 걸려 있다. 공익을 위해 의연금을 모아 세운 교육기관이라는 뜻이지만 주변 사람들은 오야마가 사익을 위해 세운 '야쿠자 양성소'로 알고 있다. 닛폰도를 든 사무라이 복장의 수문장이 좌우 양쪽에서 삼엄하게 경계를 펴고 방문객을 안내하는 것만 봐도 야쿠자 본령임을 알 수 있다.

이곳을 드나드는 각 구미(지파) 야쿠자들도 '의숙'이라고 내세우기

쑥스러워 그냥 '혼마치(본령)'라고 부른다. 용주를 안내하는 긴자구미 오야붕 히라타도 그렇게 불렀다. 수문장들은 다쿠시 안에서 얼굴을 내미는 히라타를 얼른 알아보고 프리패스 신호를 보냈다.

"양해하십시오. 내부 규칙에 따른 방문 절차가 이렇습니다. 워낙 많은 사람들이 찾아오기 때문이지요."

히라타가 멋쩍은 듯이 말했다.

정상적으로 작동하는 국가조직이 아닌 일개 사조직이, 그것도 유명한 폭력집단이 자신들의 지도자를 보호하기 위해 삼엄한 경계망까지 펴고 있다니 놀랍기도 했다. 잔디가 파랗게 깔린 광장을 가로질러 다쿠시는 고택 본관 앞에 멎었다. 본관 앞에서도 호위무사가 안내했다. 대낮인데도 사위는 무거운 침묵 속에 잠겨 있었다.

본관 출입구 삼단 돌계단을 밟고 올라서니 현관문이 열렸다. 신발을 벗고 일본 고유의 버선발로 널따란 다다미방을 건너가자 또 다른 창호문이 소리 없이 열리고 다다미방이 나타났다. 그야말로 고대광실高臺廣室이다. 다다미방을 지나면 또 다른 창호문이 열리며 같은 규모의 다다미방이 나타난다. 세 번째 방에 들어서자 맞은 편 끝자락 한가운데에 히노키(편백나무)를 깎아 다듬은 삼단 계단이 놓여 있었다.

돌계단, 나무계단 각각 삼단에 대형 다다미방이 세 개. 모두 3 · 3 · 3의 숫자! 하늘 · 땅 · 사람, 즉 천지인天地人을 가리키는 풍수학상의 깊은 뜻이 스며 있다고 했다. 소위 십진법으로 3+3+3=9. 변함없는 하늘의 숫자다. 일본인들의 민속신앙인 태양신의 상징이기도 하다. 센고쿠 시대 전란에 쫓기며 돌에도, 나무에도 의지할 데가 없었던 일본 국민들이 '다츠'라는 말을 주술처럼 외며 하늘에 떠 있는 태양에 희망을 걸고 숭배했다고 전한다. 난세에 나라를 구할 영웅을 기다리는 국민적 염원이었다.

'다츠'란 흔히 '태양신'을 가리키는 말이다. 태양이 붉게 타오르는 히노마루日丸가 일본 국기國旗로 선정된 이유다. 한국에서 반일 감정의 상징으로 논란이 되고 있는 욱일승천기旭日昇天旗도 태양신 다츠를 표방한 해상자위대의 군기軍旗다. 1930년대 그 당시는 태양의 빛이 사방으로 확산하는 일본의 국력을 상징하는 황군(일본군)의 군기였다. 굳이 우리말로 표현하면 '용龍'이 승천하는 뜻으로 해석된다.

일본인들의 전통적인 민속신앙에는 세상 만물에 신이 깃들어 있다고 믿는다. 이런 관습은 우리나라도 마찬가지다. 하지만 그들은 태양을 숭배하면서도 영혼이 깃든 태양의 영물靈物 까마귀는 유별나게 혐오하고 싫어한다. 우리나라 천부경天符經과 같은 일본 괴수전에는 까마귀가 저승의 새, 즉 사람의 목숨을 거두는 저승사자로 나오기 때문이라고 했다. 까마귀의 신성한 존재를 모르는 탓이다.

그러나 우리 민족은 까마귀가 원래 묘용妙用을 부린다 하여 태양의 흑점에 비유한 검은 새로 불러왔다. 고구려 건국신화에 나오는 세 발 달린 까마귀, 삼족오三足烏는 태양 속에 사는 새라 하여 신성시해 왔다. 태양을 숭배하던 다물민족이 삼족오를 하늘 · 땅 · 사람, 즉 천지인天地人의 상징으로 삼았다. 고구려 건국 신화에 나오는 국조國鳥다.

그런데 태양을 숭배한다는 일본인들이 왜 그런 신성한 영물을 단순히 징그러운 동물로 보고 혐오할까? 일본과 조선, 양국은 예부터 침략과 지배의 역사를 반복하면서 서로 증오하는 관계였지만 태양을 신앙의 대상으로 삼아왔다는 점에서 일종의 동질성을 느끼게도 한다.

히라타는 '고대광실 다다미방 세 개를 모두 터놓으면 대회의실이 된다.'고 용주에게 살짝 귀띔했다. 일본 열도 야쿠자 오야붕들이 모두 참석하는 정기총회 때에는 100명 이상이 모인다는 것이다. 사무라이 복장의 호위무사가 히노키 향이 묻어나는 나무계단 양쪽 입구에 닛폰도를 가슴에 품고 부동자세로 서 있었다. 매우 삼엄한 분위기였다. 히노키 나무계단 위 내실은 오야마 다이묘의 처소라고 했다. 처소 입구에는 대나무 살로 엮은 가림막이 처져 있다.

용주는 이런 삼엄한 분위기에도 좀처럼 긴장할 줄 몰랐다. 그냥 평소처럼 무표정하게 발소리를 죽이며 조심스럽게 다가가는 히라타의 뒤를 밟아 발걸음을 옮겼다. 히라타는 마침내 히노키 계단 앞에서 걸음을 멈추고 무릎을 꿇으며 정중하게 엎드렸다.

"긴자구미 오야붕 히라타 마사오, 존경하는 다이묘님께 인사 올립니다."

"으음, 왔는가?"

대나무 가림막 뒤에서 울리는 쩌렁쩌렁한 목소리.

"하이(네), 소인, 다이묘님의 명을 받들어 조센진 용사마를 데려왔나이다."

앞서 밝혔지만 다이묘大名란 센고쿠 시대의 최고 사무라이를 가리키는 극존칭. 그러나 야쿠자계의 엄격한 위계질서를 알 턱이 없는 용주는 그대로 우두커니 서서 이런 장면을 지켜보기만 했다.

아니나 다를까, 바로 그때 히노키 계단 입구 양쪽에서 부동자세로 서 있던 호위무사 둘이 동시에 닛폰도를 빼 들고 용주의 얼굴을 겨냥했다.

“예를 갖춰라!”

호위무사들의 거친 목소리가 떨어지는 순간 용주가 이미 허공을 날아 두 발 옆차기로 일격을 가했다.

닛폰도가 번쩍이면 순식간에 본능적으로 선제공격을 가하는 것이 그의 주특기였다. 호위무사가 떨어뜨린 닛폰도 두 자루가 마치 천장을 찌를 듯 허공을 한 바퀴 돌아 다다미방 바닥에 내리꽂혔다. 이어 때를 놓칠세라 그의 돌주먹이 멍하게 서 있는 호위무사의 턱을 강타했다. 눈 깜짝할 사이에 벌어진 사태. 호위무사들은 날벼락을 맞은 듯 비명 한 번 못 지르고 간단없이 큰 대짜로 뻗고 말았다.

용주가 빈손을 털며 한마디 내뱉었다. 그는 화가 나면 으레 상대방이 못 알아듣는 경상도 사투리로 막말을 쏟아내곤 했다.

“이 자슥들, 뭐라 카노. 손님을 불러놓고 닛뽄도부터 대접하다이. 이거, 뭐하는 짓이고 말이다. 어엉!”

그가 ‘어엉!’ 하고 고함을 지르면 화가 단단히 난 것이다.

“바카, 바카! 바카야로! 호위무사들은 썩 물러가라!”

히노키 계단 위 대나무 가림막 뒤에서 오야마 다이묘의 노한 목소리가 천둥처럼 울렸다.

히라타가 소스라치며 벌떡 일어나는 순간 용주는 거침없이 뚜벅뚜벅 걸어 계단을 밟고 올라섰다. 이때 일본 전통복 기모노 차림을 한 여인이 나타나 가림막을 걷었다. 그제야 용주는 무릎을 꿇고 정중하게 큰절을 올리며 다이묘에게 예를 갖춰 수인사를 건넸다.

"어르신! 무례를 용서하십시오. 저, 조선에서 온 박용주라고 합니다."

"오, 용사마 상! 반갑소. 거, 듣던 대로 기개가 대단하구려. 하하."

호탕한 웃음을 흘리며 한결 누그러진 오야마 다이묘의 목소리.

후테이센진으로 비하하던 용주에게 분명 '용사마 상'이라고 호칭했다. 하지만 그렇게 반색을 하면서도 어딘지 모르게 씁쓸한 표정을 감추지 못했다. 자신의 호위무사가 닛폰도를 빼 들고도 용주의 번개 같은 발차기와 돌주먹에 맥을 못 추고 쓰러지는 것을 똑똑히 목격했기 때문이리라.

옛 센고쿠 시대의 다이묘처럼 특유한 사무라이 복장을 착용하고 비단 보료 위에 좌정하고 있는 그의 첫인상은 용주가 보기에도 범상치 않았다. 히라타를 통해 듣기로는 50대 중반이라 했지만 마치

선계에서 내려온 신선처럼 반백의 머리에 고유의 상투를 틀고 카이젤형의 긴 콧수염에다 구레나룻이 양 볼과 턱을 뒤덮었다. 반백의 머리와 구레나룻으로 보아 칠순은 족히 넘어 보였다. 아니, 어쩌면 불그스레하고 온화하게 화색이 도는 동안童顔의 풍모로 보건대 불로초만 먹고 바람을 타고 말馬을 부린다는 어풍지객馭風之客 같은 풍모였다.

용주는 교자상을 사이에 두고 다이묘와 그렇게 첫 대면을 했다. 교자상에는 해와 산과 물과 돌 · 구름 · 소나무 · 불로초 · 거북 · 학 · 사슴 등 이른바 장수의 상징인 십장생도十長生圖를 수놓은 커다란 보褓가 덮여 있다. 오야마 다이묘가 등을 진 공간에는 닛폰도 세 자루가 가지런히 진열돼 있고 그 양쪽 벽면에 〈정신일도 하사불성精神一到 何事不成〉 〈위의여사자爲義如獅子〉라는 휘호가 나란히 걸려 있다. 정신을 한곳으로 모으면 못 이룰 일이 없다는 뜻과 의리를 위해서는 사자와 같이 행동하라는 결기가 담겨 있다.

위엄과 살벌한 기운이 감도는 내실 분위기와는 달리 오야마의 그윽한 모습에서 풍기는 인품은 야쿠자계를 대표하는 현대판 다이묘라기보다 은밀히 칩거하는 도인道人의 풍모로 보였다.

다과상을 차려온 기모노 여인이 무릎을 꿇고 앉아 교자상 위에 찻잔부터 내려놓았다. 그런데 아니나 다를까, 교자상 위에 놓인 오야마의 찻잔은 용주의 조그만 찻잔에 비해 유달리 크고 낯이 익었다. 조선에서 흔히 서민들의 밥그릇이나 국그릇으로 사용하던 막사발처럼 생겼기 때문이다.

"어엇, 막사발!"

용주는 오야마의 찻잔을 보는 순간 자신도 모르게 탄성을 질렀다.

좌정한 채 자세를 가다듬고 찻잔을 양손으로 감싸 들던 오야마가 눈을 크게 뜨며 반문했다.

"방금 뭐라 했는가?"

숫제 하대下待였다. 하지만 용주는 괘념치 않았다. 부모뻘 되는 어른의 악의 없는 반말투로 이해했다.

"하이(네), 어르신의 찻사발이 우리 조선에서 밥그릇이나 국그릇으로 쓰이는 막사발과 닮아 보여 제가 잠시 착각했습니다."

"하하. 그래, 착각할 수도 있겠지. 조선에선 자네 말마따나 막사발로 보이지만 그게 아닐세. 우리 일본에선 국보로 지정된 이도다완井戸茶碗이야. 가토 기요마사加藤清正 찻잔이라고도 하지. 이건 진품이 아니라 가품이지만 그래도 조선에서 온 도공이 빚어낸 걸작품인 게야."

가토 기요마사? 임진왜란 당시 울산포에 상륙해 북상하면서 조선 영토를 유린한 침략군 사령관倭將이다.

오야마는 자신이 애지중지하는 조선 찻사발을 대단히 자랑스러워했다. 그는 조선 도예에 대한 조예도 깊었다. 그의 말마따나 조선은 신라 · 백제 · 가야 토기와 고려청자 · 조선백자에 이르기까지 예부터 도예陶藝 기술의 원천국으로 일본에 전해지고 있다.

조선조 세조 말기(1467년)에는 경기도 광주에 왕실 관요官窯가 설립되고 백자를 대량 생산한 가마터가 아직도 곳곳에 남아 있다. 하지만 그 당시 관요의 도공들은 천한 신분에 불과했다. 백자 도공陶工들은 조선 왕실의 폭정으로 녹봉도 받지 못한 채 백자를 굽다가 줄줄이 굶어 죽는 사태가 발생하기도 했다. 도공들의 수난기였다.

이후 관요가 사라지고 생계를 위한 도공들의 원천기술은 끈질기게 명맥을 이어 민요民窯로 발전했다. 일본인들이 즐기는 생활 다도茶道는 그 뿌리가 조선 도공들의 장인 정신에서 비롯돼 사무라이 정신과 맥을 같이해 왔다고 한다. 사무라이 정신이란 일본인들의 정의로운 정신 윤리와 인격도야의 상징. 백자를 빚으며 갈고 닦은 조선 도공의 혼과 일맥상통한다고 했다.

그래서 다도하면 사무라이 정신을 말하고 사무라이 정신은 곧 조선 도공의 장인 정신에서 나왔다고 했다. 살아 있을 때 정의에 충만하고 죽을 때엔 치욕을 당하지 않는 셋푸쿠切腹, 즉 사무라이 정신의 근간이었다. 닛폰도로 자신의 혼이 깃든 배를 갈라 자결하는 것은 극도의 냉정과 침착을 요하는 일본인 특유의 양심으로 평가되기 때문이다. 닛폰도 역시 조선 도공의 장인 정신을 본받아 메이도銘刀로 만들어진 것이다.

태평양 전쟁 종전 무렵 히로히토裕仁(1901~1989) 천황이 무조건 항복했지만, 일본군 지휘관들은 항복을 거부하고 셋푸쿠로 자결했다. 사무라이 정신으로 치욕을 당하지 않고 명예로운 죽음을 선택한 것이다. 사무라이 정신은 그야말로 민족주의의 핵심적 요소였다. 그러나 국가와 천황에 대한 충성의 상징으로 주창되면서 군국주의의 침략 전쟁을 정당화하는 정신으로 변질되었다.

임진왜란 당시에는 경북 문경에서 '적과의 동침'이라는 기이한 인연도 맺어졌다. 일본 침략군 선봉장 가토 기요마사가 문경 새재를 향해 북상할 무렵 휘하 장수가 한 농가의 우물가에 나뒹굴던 사기沙器 그릇을 발견하고 전리품으로 챙겼다. 그 당시 우리 농가에서 흔히 개 밥그릇으로 쓰던 막사발에 불과했다. 그 막사발은 도공이

질그릇을 가마에 넣어 굽는 과정에서 실수로 흠집이 생기고 유약이 흘러내려 산화한 파작破作을 내다 버린 것이었다.

이를 농가에서 주워다 마당개 밥그릇으로 사용했으나 다도를 사무라이 정신으로 승화시킨 일본 장수의 눈빛은 달랐다. 버려진 파작 막사발의 밑바닥에 흘러내린 유약이 물을 부으면 마치 매화꽃처럼 분홍색으로 얼룩지는 것을 발견하고 '숨 쉬는 찻잔'이라며 예술의 극치로 봤기 때문이다. 조선 농가의 우물가에서 발견한 찻사발이라 하여 우물 정井자와 집 호戶자를 붙여 부른 이름이 이도다완井戶茶碗. 가토 찻잔이라고 부르는 이유이기도 하다.

그 당시 일본 침략군은 임진왜란을 '도자기 전쟁'으로 부를 만큼 우리 막사발에 유달리 눈독을 들였다. 처음 문경 농가에서 발견한 막사발은 마침내 황실로 전해져 국보國寶 24호로 지정되었다고 한다. 흔해 빠진 조선 도공의 파작 막사발이 일본 국보 '이도다완'으로 변신한 연유다.

5. 다이묘 생활도生活道

5
다이묘 생활도生活道

일본은 센고쿠(전국) 시대부터 사무라이 정신으로 무장하며 다도를 생활도生活道로 삼았으나 찻잔이라곤 히노키扁柏 나무를 깎아 만든 목기木器밖에 없었다. 사기그릇을 만드는 흙이 귀했던 탓이다. 우리 조선에는 고령토나 백토 등 찰진 흙이 지천으로 깔려 있었으나 지진과 해일이 잦은 척박한 일본 열도엔 검은 색깔의 박토薄土밖에 없었다.

하여 임진왜란 당시 저들은 우리 도공들을 모조리 끌고 가 불모지 일본의 도예 문화를 꽃피울 때 고령토와 백토도 함께 실어 날랐다고 한다. 임진왜란을 '도자기 전쟁'으로 부른 이유다. 때문에 정작 조선에는 도공의 씨가 말라버렸으나 도예 기술의 명맥은 끈질기게 이어졌다. 그 마지막 도공의 후예들이 아직도 경기도 여주나 이천, 경북 문경에서 대물려 도예를 전승하고 한국 도예 역사를 재조명하는 '찻사발 축제'를 열고 있다.

오야마가 보물처럼 여기는 찻사발은 임진왜란 당시 끌려간 도공의 후손이 재현한 '신비로운 찻잔'이라고 했다. 품질면에서도 일본 국보와 별반 차이가 없어 차인茶人들을 열광시키고 있다. 오야마는 용주를 앞에 앉혀놓고 사무라이 후예답게 일본의 침략 역사를 줄줄이 외듯 설명했다. 그러면서 그는 조선 도공의 장인 정신을 진정으로 경외했다. 일본은 사무라이 정신으로 칼을 들고 조선을 침략하고 지배했지만, 조선의 도공은 장인 정신으로 일본을 굴복시켰기 때문이다. 어쩌면 닛폰도를 든 야쿠자 패거리를 맨주먹으로 제압한 용주의 무예도 장인 정신에서 나온 것인지 모른다고 그는 생각했다.

현대의 다이묘를 자처하는 오야마는 '차를 마시면 마음이 평온하고 정신이 맑아져 모든 일을 순조롭게 처리할 수 있다.'고 했다. 이른바 정신일도 하사불성精神一到何事不成이다. 그의 좌우명이기도 하다. 그래서 그는 다도茶道를 생활도로 즐겼다. 그런 사람이 평생 칼잡이로 일본 최대의 폭력 집단을 이끌어 온 암흑가의 황제라니 아이러니가 아닐 수 없다.

그나저나 용주는 솔직히 차 맛을 모른다. 하야시 상이 가끔씩 시간의 여유가 있을 때 차를 끓여 한 잔씩 나눠 마신 일이 있지만 그저 뜨뜻미지근하고 밋밋한 것이 그 맛이 그 맛이었다. 어려서부터 무지렁이처럼 내내 쫓기며 성장해 온 탓인지 허기가 질 때 마시는 맹물 맛만도 못했다. 국민학교 시절부터 도시락을 쌀 형편이 못 돼 점심시간이면 으레 학교 운동장에 설치된 수도꼭지에 입을 대고 수돗물 한 모금 마시는 것으로 끼니를 때웠다. 그러니 차 맛을 모르는 것이 당연하지 않은가 말이다.

잠시 침묵을 지키며 차 한 모금 음미한 오야마가 다시 정색을 하고 말을 이었다. 꼿꼿하게 정좌한 자세는 조금도 흐트러짐이 없었다.

“다도 얘기를 하다 보니 정작 할 말을 잊었구먼. 그래, 조선에서 어떻게 도쿄까지 왔는가?”

용주는 다소곳이 앉아 자세를 가다듬으며 말했다.

“하이(네), 여기 온 지 한 6개월쯤 되었습니다. 쥬도(유도)를 배우려고 현해탄을 건넜습니다만 형편이 안 돼 우선 산가쿠마치 노포에서 시다바리로 일하고 있습니다.”

“쥬도라면 조선에서도 충분히 배울 수 있을 텐데 괜히 사서 고생하는 게 아닌가?”

"하이, 그렇습니다만 조선에선 총독부가 운영하는 공립학교가 아니면 유단자를 인정해주지 않습니다."

"저런, 조선인이 운영하는 사립학교에 다녔구먼."

"하이, 그렇습니다."

"사립학교에서 몇 단을 땄는가?"

"하이, 3단입니다만…."

"자네, 강도관을 아는가?"

"하이, 일본 쥬도의 총본산이라는 얘기는 많이 들었습니다만 아직 한 번도 가보질 못했습니다."

"내가 강도관의 쥬도가 5단에 검도 5단일세."

"아이고, 그렇습니까. 스승님으로 모시겠습니다."

용주는 느닷없이 벌떡 일어나 다시 한번 정중하게 큰절을 올렸다.

"고마우이. 언제 시간을 내서 나하고 같이 강도관 구경이나 한번 해봄세."

오야마는 흐뭇한 표정으로 연방 고개를 끄덕였다.

"하이, 감사합니다."

"아노(저어), 게이코 상!"

오야마가 잠시 말을 끊고 느닷없이 시중드는 기모노 여인을 불러 세웠다.

"아노, 세비로(세빌로) 양복점 재단사를 부르게나. 급히 오라고 해."

어디 자다가 봉창 두드리는 격으로 난데없이 양복점 재단사를 부르다니? 용주는 의아한 표정을 감추지 못했다. 그러나 그 말에는 오야마의 깊은 뜻이 담겨 있었다.

그 당시는 '사쿠라 노 히카리(벚꽃은 피어나다)'라는 유행가가 일본 열도를 휩쓸고 태평성대를 누리던 시절. 도쿄 시내 미스코시 백화점 인근 번화가에는 유명한 런던 텍스(영국제 양복지)만 취급하는 혼몬노(진짜 명품) '세빌로Savile Row' 양복점이 들어서 성업 중이었다. 이른바 '영국 신사'라는 말이 한창 유행을 타던 무렵이었다. 고관대작이나 부유층이 아니면 아예 세빌로 양복점 근처에 발도 못 붙일 만큼 수제 명품만 만들어내던 일본 유일의 양복점이었다.

'세빌로'란 세계적으로 유명한 영국 런던의 고급 수제 양복점 거리 이름. 이곳에서 재단사들의 바느질을 거쳐 만들어진 양복은 귀하디귀한 명품이라고 했다. 주요 고객은 영국 왕실 귀족을 비롯한 정치지도자, 기업인 등 세계적인 유명 인사들이었다고 했다. 때문에 일제강점기 조선총독부의 고위관리들도 도쿄에 입점한 세빌로 양복을 애써 구해 입었고 그 당시 서울의 모던 보이들은 가끔씩 고물상에 흘러들어온 질이 낮은 중고 마카오 양복을 사 입고 '마카오 신사'로 허세를 부렸다고 했다.

그런 세빌로 양복점 재단사를 다이묘가 갑자기 호출하다니 히노키 계단 밑에 앉아 있던 히라타는 도무지 이해가 되지 않았다. 그러나 감히 어느 안전이라고 토를 달겠는가? 게다가 그는 치욕스런 패장의 신분이 아닌가 말이다. 그래서 그는 숨을 죽이며 슬금슬금 다이묘의 눈치만 살폈다.

게이코의 전화를 받은 세빌로 양복점 재단사가 다쿠시(택시)를 타고 말 그대로 총알같이 달려왔다. 재단사 역시 히노키 계단 입구에서 예를 갖춰 정중하게 무릎을 꿇었다. 오야마는 그만큼 위세가 대단한 인물로 정평이 나 있었다.

"여기, 올라와 이 사람 몸을 한번 재 보게나."

용주를 체촌體寸해 보라는 거였다.

용주에게 일반 가다마이도 아닌 세빌로 양복을 맞춰 주겠다는 뜻이었다. 말도 안 되는 소리지만 명색이 다이묘가 하는 일을 감히 누가 말리겠나. 용주도 도무지 이해가 안 돼 어리둥절했지만, 사제 간의 인연을 약조한 이상 스승의 뜻을 따르는 게 도리였다. 머리털 나고 생전 처음 입어보는 양복. 그것도 고관대작이나 입는다는 세빌로를 주문한 것이다. 어쩌면 오야마가 세빌로 양복으로 용주의 환심을 사려는 것인지도 몰랐다.

오야마의 속내를 알 턱이 없지만, 그는 원래 암흑가의 황제답게 배포가 컸다. 사람 보는 눈도 달랐다. 마치 외줄 타는 곡예사처럼 호위무사를 둘이나 패대기치는 용주의 실력을 단번에 알아보고 수제자로 삼아야겠다는 꿍심을 품은 것이리라. 그래서 그는 '스승으로 모시겠다'는 용주의 말 한마디에 그만 혹해 과감한 결단을 내린 게 아닌가.

쇠뿔도 단김에 뽑으라고 했다. 한낱 비천한 조센진으로만 치부했던 용주의 신출귀몰하는 무예나 어른을 공경하는 예의범절을 지켜보니 속이 꽉 찬 인간 됨됨이를 똑똑히 확인할 수 있었다. 하여 그는 용주에게 유도 명문 메이지明治대학 입학과 강도관 연습생 입단도 약속했다. 숙소도 자신의 내실과 가까운 혼마치 별채에 독방을 마련해 호위무사들과 함께 지내도록 했다. '용돈 하라'며 뭉칫돈도 건넸다. 천하의 사내대장부가 돈 때문에 기죽지 말고 펑펑 써보라는 거였다. 그야말로 파격적이었다.

용주는 꿈인지 생시인지 도무지 분간을 못해 한동안 멍한 기분에 사로잡혀 있었다. 원래 인간은 선과 악, 두 얼굴로 살아가는 존재라고 한다. 인류의 조상 아담과 이브가 하느님의 준엄한 경고를 무시하고 선악과를 따먹은 원죄 탓이라고 했다. 그래서 고대 그리스에서는 두 얼굴을 가진 신 야누스가 자연의 섭리를 이용해 인류의 이중성을 다스리며 온갖 범죄를 확산시켰다. 그런 면에 비춰 볼 때 오야마는 선과 악을 자유자재로 구사하며 자신의 권력 기반을 다지는 야누스의 전형인지도 모른다.

그러나 용주는 너무도 단순하고 순진했다. 수중에 돈 한 푼 없는 빈털터리가 말로만 듣던 명문대학에 입학하고 강도관 도장에서 원도 한도 없이 뒹굴 수 있다는 것만으로도 행복했다. 이른바 동경 유학생! 그것은 친일파 고관대작이나 부농의 자식들만이 누릴 수 있는 특권이었다. 그런데 그 꿈이 도쿄에 굴러들어와 무일푼으로 살아가는 산가쿠마치 노포의 시다바리에게 먼저 찾아온 것이다.

오야마와 사제 간의 신의를 약조한 날 밤. 용주는 짐을 챙기려고 산가쿠마치로 갔다. 짐이라곤 낡은 유도복 한 벌과 잡동사니가 들어 있는 룩샤쿠 하나뿐이었다. 하야시 상은 그의 신변이 걱정돼 하루 온종일 일이 손에 잡히지 않았다고 했다.

"용사마 상이 악마의 소굴에 들어갔다가 혹여 무슨 큰 변이나 당하지 않을까, 심히 걱정했었지."

그는 멀쩡한 얼굴로 돌아온 용주를 반갑게 맞이하며 말문을 열었다.

"아, 호랑이 굴에 들어가야 호랑이를 잡을 게 아닙니까. 하하."

용주는 예의 무표정한 태도였으나 모처럼 농담 섞인 말로 능청을 떠는 여유도 보였다.

"그래, 호랑이를 만나긴 만났고?"

"그럼요. 오후 내내 독대하며 속 깊은 얘기도 많이 나눈걸요."

"아하, 그랬었구먼. 나는 소문으로만 듣던 암흑가의 황제를 악마로 생각했거든…."

"글쎄요, 제 눈에는 천사로 보였습니다. 그래서 사제 간의 인연도 맺었고요."

하야시 상은 이 말에 경악했다.

"아니, 야쿠지 총오야붕과 사제 간의 인연을 맺다니…?"

"하이(네), 사제지간…."

"아니, 그렇다면 아나타(당신)도 야쿠자가 된단 말인가?"

하야시는 여전히 경악한 표정을 감추지 못했다.

"하하. 걱정 마십시오."

용주는 유쾌하게 웃음을 띠며 오야마와 나눈 면담 내용을 자초지종 설명하고 하야시 상에게 작별을 고했다.

"그동안 사쪼 상의 신세를 너무 많이 졌습니다. 그 은혜 잊지 않겠습니다."

"신세를 지다니, 월급 한 푼 못 주고 내가 오히려 용사마 상에게 빚만 졌는데 이렇게 헤어지다니 차마 입이 안 떨어지네."

하야시 상은 못내 아쉬워하며 간단한 술상부터 차렸다. 그동안 둘이 짬짬이 즐기던 구운 복어 날개를 탄 마사무네(히레사케)와 덴동(튀김). 가까운 이웃들도 불러 작별 인사를 나누며 아쉬워했다.

"너무 섭섭하게 생각지 마십시오. 제가 떠난다고 아주 멀리 떠나는 것도 아닌데…, 엎어지면 코 닿을 혼마치가 아닙니까. 자주 놀러 오겠습니다. 제가 그곳에 가 있어야 여기 산가쿠마치가 안전합니다."

"그렇다고 용사마 상이 야쿠자가 되는 건 아니겠지?"

하야시 상이 뭔가 켕기듯 우려하는 표정으로 말했다.

"아, 야쿠자 소굴에 들어가야 야쿠자를 잡을 게 아닙니까. 하하.

염려 마십시오. 전 닛폰도를 절대 잡지 않을 겁니다. 메이지대학에 들어가 공부와 쥬도(유도)만 열심히 하려고요. 강도관에서 유단자로 공인을 받아야 합니다. 다이묘와 그렇게 약속했거든요."

"글쎄, 그 말을 믿어도 될까?"

"걱정 마십시오. 제가 설사 야쿠자 소굴로 들어가더라도 항상 정의의 편에 설 것을 약속드립니다. 자신 있습니다. 자, 여러분 그동안 고마웠습니다. 사요나라(안녕)!"

이렇게 작별 인사를 하고 일어서려는데, 하야시 상이 제법 두툼한 봉투를 불쑥 내밀었다.

"그동안 월급도 못 줬는데…, 약소하지만 이거 학비로 보태 쓰시게."

"아니, 이러지 마십시오. 저, 돈 많아요. 다이묘께서 뭉칫돈을 주셨거든요. 학비도 충분하고요."

용주는 하야시 상의 전별금을 끝내 사양하고 도망치듯 빠져나왔다.

"용사마 상! 간바레(힘 내세요). 사요나라(안녕)!"

용주는 하야시 상을 비롯한 이웃 주민들의 전송을 받으며 '공부만 열심히 하겠다'는 말을 남기고 산가쿠마치 골목길을 빠져나오는 순간 갑자기 가와모토 류지로 메이지대 교수가 생각났다.

하야시 상의 노포에 정착한 지 3개월쯤 지나 중동중학교 최규동 교장이 써준 소개장을 들고 가와모토 교수를 찾아갔다가 냉대만 받고 돌아왔다. 그래서 그는 아예 대학 진학을 포기했던 것이다. 그때 가와모토 교수가 한 말이 새삼 생각났기 때문이다.

"요새 조선에서 기본 요건도 안 갖춘 학생들이 무턱대고 유학 오는데 입학이 그리 간단치 않아. 특히 우리 메이지대 같은 명문대학은 입학 절차가 여간 까다로운 게 아니라네. 그러니까 자네가 좀 더 알아보고 내년 봄학기 때나 한번 찾아와 보게나."

사실상 에둘러 퇴짜를 놓은 것이다.

그때 완전히 포기했는데 뜻밖에도 오야마가 말 한마디로 쾌히 승낙한 게 아닌가. 결과를 두고 봐야겠지만 오야마는 그만한 힘도 있었고 영향력도 대단했다. 하필이면 그것도 가와모토가 퇴짜를 놓은 메이지대에 들어가게 되다니 용주로선 크나큰 영광이 아닐 수 없었다.

어쨌든 후테이센진으로 멸시받던 용주는 큰 꿈을 이루게 되었지만 어차피 목숨을 담보로한 야쿠자의 일원이 될 운명이었다. 혼마치 도야마 의숙에서 여느 야쿠자처럼 다이묘에게 충성 맹세를 서약했기 때문이다. 옛 다이묘에게 바치는 신민서사臣民誓詞와 다름이 없었다. 오야마 의숙 입문 절차가 그만큼 엄격했기 때문이다.

그는 무엇보다 신뻥(초년병) 신분으로 우선 숙소의 룸메이트들과 교분을 맺는 것이 중요했다. 그래서 선배들을 보고 무조건 깎듯이 머리를 조아리며 아네키(형) 대접을 했다. 그들은 종주국 다이닛폰 신민이라는 가오(자존심)가 있었다. 게다가 일종의 우월감에서 일개 조센진이 다이묘의 총애를 받는 것을 그대로 보고만 있지 않았다. 일종의 인종차별이기도 했다.

그래서 그들은 조센진 신뻥 야쿠자에게 의도적으로 흠집을 내기 위해 엄격한 룰을 적용하고 별의별 호칭까지 갖다 붙였다. 쥬오도리 사건 이후 그에게 붙여진 태양 또는 용이라는 호칭 '다츠'가 너무도 듣기 싫었기 때문이다. 하여 신뻥 야쿠자 박용주에게 붙여진 별명이 아히라Ahira. 고대 라틴어로 '사악한 형제'라는 뜻이다. 언제 배신할지 모르는 후테이센진을 은연중에 가리키는 말이기도 했다.

'세상은 창조에 의해 시작되고 종말에 의해 끝난다.'고 했다. 나라를 잃고 떠돌아다니던 고대 이스라엘 민족의 경전에 나오는 경구警句이다. 구약성서의 인물 아히라는 하느님의 적을 물리친 이스라엘의 자손이라고 한다. 이스라엘 민족을 해방시킨 선지자 모세를 도운 인물로도 널리 알려져 있다. 그러나 현대 일본에선 전혀 다른 배신자의 주홍글씨로 쓰인다. 혹여 단군의 자손인 박용주가 식민지 조센진을 해방시키기 위해 배신할지도 모른다는 뜻에서 그런 별명을 붙인 게 아닐까?

일본 역사서 니혼쇼키日本書紀에도 '아히라 쓰히메'라는 이름이 나온다. 건국 천황의 첫 번째 황후. 그는 천황을 도와 나라를 세우고 권력의 탐욕에서 벗어나지 못해 여인 천하를 만들려다 역적으로 몰려 처참한 죽음을 당한다. 아마도 용주에게 붙여진 아히라란 별명은 속국의 천민을 종주국 신민으로 받아들였다가 자칫 배신당할지도 모른다는 경계심을 드러낸 것이리라.

어쩌면 일본 열도 야쿠자계의 천하 통일을 노리는 오야마 다이묘의 제자로 들어와 입신立身한 후 배신하고 돌아설 것이라는 우려에서 나온 별명인지도 모른다. 그래서 그들은 겉으로는 친한 척, 용주에게 접근하면서도 속으론 경계심을 늦추지 않았다. 그들은 그만큼 질시도 강했다. 그러나 오야마 다이묘는 언제나 용주를 자식처럼 여기며 '용사마'라는 애칭으로 각별히 총애했다.

그러던 어느 날, 나카오리 한덕수가 미깡(귤) 한 상자를 들고 혼마치 숙소에 찾아와 얼굴을 디밀었다. '진즉에 찾아왔어야 했는데 바빠서 늦었노라'고 상투적인 인사말을 건네곤 미주알고주알 구라를 풀기 시작했다. 주로 고향 소식을 전하며 환심을 사려 했지만, 용주는 이미 그의 속내를 훤히 꿰고 건성으로 대했다.

한덕수는 용주가 오야마 의숙에 입문하자마자 긴자구미에서 자신의 위상을 높이기 위해 용주를 아예 고향 후배가 아닌 외사촌 동생이라고 떠벌리고 다녔다. 게다가 대부분 조선인들로 구성된 부두 노조원들에게도 '도쿄 다츠 용사마가 내 동생'이라고 으스대며 코민테른(국제공산당연합) 가입을 거부하는 노조원들에게 폭력을 행사하기 일쑤였다. 그동안 숨도 제대로 못 쉬고 눈치만 보던 긴자구미 야쿠자의 직영 하우스(도박장) 운영권까지 넘보는 등 횡포가 심했다.

용주는 그런 뒷얘기가 들릴 때마다 입장이 난처해 그냥 '도쿄에서 우연히 만난 고향 선배'라고 얼버무렸으나 주변에선 제대로 믿어주지 않았다. 심지어 '후테이센진 형제가 긴자구미에 침투해 빨갱이 공작으로 야쿠자 조직을 장악하려 한다.'는 뜬소문까지 나돌기도 했다. 그러니 모처럼 자신을 찾아온 한덕수가 반가울 리 있겠는가. 더구나 용주는 공산주의를 생리적으로 싫어했다. 뿐만 아니라 오야미 다이묘를 비롯한 야쿠자 오야붕들의 이념은 극단적인 우익이었다. 군국주의와 일맥상통하는 이른바 극우다. 그래서 그는 의식적으로 한덕수와 거리를 두었다.

6. 신빙 야쿠자 박용주

6

신삥 야쿠자 박용주

박용주는 오야마 의숙에 입문한 지 한 달여 만에 메이지대학 정경학부 상과에 특별전형으로 입학했다. 특별전형으로 편입할 수 있는 학과가 그것밖에 없었다. 오직 유도만 생각해 온 용주는 전공학과에 대한 개념에는 아예 관심을 두지 않았다. 자유롭게 강도관 도장을 드나들 수 있다면 그것으로 만족했다.

어쨌든 정 · 관 · 재계에 두루 발이 넓은 오야마 다이묘는 그야말로 영향력이 대단했다. 그는 용주에게 약속한 대로 일을 착착 진행시켰다. 용주는 이미 강도관에도 입단해 거의 매일 도장에서 살다시피 했다. 오야마가 유도복도 입고 벗고 두 벌이나 새로 맞춰 주었다.

그러니 엄격한 조직에 얽매여 있는 여느 야쿠자들이 부러움과 질시의 눈으로 바라보는 것도 당연할 것이다. 하지만 아무도 발차기와 돌주먹의 명수인 용주를 당할 재간이 없었다. 한마디로 벙어리 냉가슴 앓듯 속앓이만 할 뿐이었다. 하지만 용주는 애초부터 학교 수업에 별 관심이 없었다. 때문에 교수들의 강의는 뭐가 뭔지 도무지 이해하기 어려웠고 따라서 학습 진도도 꼴찌를 맴돌았다.

매일 등교하면 출석부에 서명만 하고 첫 시간 수업이 끝나면 으레 사부링(수업 빼먹기)으로 도장에서 나뒹굴기 일쑤였다. 주로 4~5단급 고단수들과 어울려 대련과 연습으로 기량을 쌓아갔다. 선배 고단자들과 대련할 때는 언제나 겸손하게 아네키(형)로 예우했다. 지피지기면 백전백승知彼知己 百戰百勝이라 했다. 적을 알고 나를 알면 백 번 싸워도 이긴다는 뜻이다. 손자병법에 나오는 말이다. 서울 중동중학교 시절 최규동 교장 선생의 가르침이기도 했다.

아뿔싸, 그러고 보니 그동안 진짜 은사에게 문안 편지 한 통 보내지 못했다. 뒤늦게나마 저간의 사정을 설명하며 용서를 구하는 장문의 편지를 썼다. 운이 좋아 후원자와 인연이 닿았다고 했지만, 오야마 다이묘에 관한 얘기는 일체 하지 않았다. 혹여 은사에게 심려를 끼쳐드리지 않을까 두려웠기 때문이다.

용주가 유도 수련을 위해 다니는 강도관은 이미 알려진 대로 일본 유도계의 총본산이지만 무엇보다 봄 · 가을에 한 번씩 열리는 전국 승단시합에 덴노 헤이카(천황 폐하)가 참석한다고 하여 천람대회天覽大會로 유명하다. 그날의 최고 우승자는 천황이 직접 시상하기 때문이다. 하지만 평소 강도관 도장은 수련생들에게 항상 개방돼 있었다. 기량을 맘껏 펼치고 쌓으라는 배려다. 그만큼 강도관의 권위도 있었다.

아무리 고단수라 해도 강도관 출신이 아니면 유단자로 인정해주지 않았다. 그런 권위는 천황이 친히 승단증을 수여하는 천람대회에서 비롯된 전통이다. 하지만 국사에 바쁜 천황이 매회 참석하는 경우는 극히 드물었다.

메이지대학엔 조선인 유학생들이 많았다. 특히 친일 판 · 검사나 조선총독부 관리로 진출하려는 법대생들이 강도관에 입단해 유도복을 입는 경우도 흔히 볼 수 있었다. 그러나 메이지대 유도부를 장악하고 있는 일본인 학생들의 조선인 유학생들에 대한 인종차별은 유별날 정도로 심했다. 선수단 선발 때 아무리 기량이 좋고 고단수라 해도 후보선수 이상은 인정하지 않았다.

게다가 기합도 심했다. 연습 중에 조금만 실수해도 트집을 잡아 엉덩이에 불이 나도록 빳다(방망이)를 쳤다. 때문에 견디다 못한 조선인 유학생들이 하나, 둘씩 유도부를 탈퇴하고 강도관을 떠나 용주가 입단했을 땐 한 사람도 보이지 않았다. 하지만 일본인 선배들은 용주를 함부로 대하지 못했다. 그가 비록 조센진이긴 하지만 명색이 야쿠자 혼마치 '오야마 의숙' 출신이라는 걸 입소문으로 알았기 때문이다.

게다가 입학 신고식 때 기념 빳다를 치려던 선배 학생이 되레 용주의 돌주먹 일격에 나가떨어지는 것을 보고 아예 쉬쉬하며 접근을 피했다. 그래서 그에게 일약 '메이지대 야쿠자'라는 별명까지 붙었다. 그렇지만 그는 역시 후보선수의 틀에서 벗어나지 못했다. 아무리 뒷배가 든든한 야쿠자 출신이라 해도 권력을 동원한 사바사바(정략적 청탁)가 통하지 않았다. 강도관의 룰이 그만큼 엄격했다.

때문에 그는 애초부터 사바사바란 비정상적인 꼼수를 부리고 싶은 생각이 추호도 없었다. 분명히 제 실력으로 후보선수를 탈피하고 싶었을 뿐이었다. 강도관에서 본 선수에 오르려면 적어도 3단 이상 공인을 받아야 한다. 하지만 그는 비공인 3단에 불과했다. 그것도 조선에서 딴 비공인 단수가 고작이다. 일본에선 결코 유단자로 인정받을 수도 없었다. 하여 그는 후보선수의 틀을 깨고 본 선수로 오르기 위해선 무엇보다 강도관 발군拔群시합에 출전하는 것이 시급했다.

그에겐 오직 피땀 나는 훈련과 연습밖에 없었다. 그래서 그는 등교하면 출석부에 이름만 올려놓고 정상수업은 불참하기 일쑤였다. 때문에 학과 성적은 항상 F 학점 이하로 맴돌았다. 수업 시간에 그가 유도복 차림으로 강도관 도장에서 나뒹굴며 땀을 흘리고 있다는 사실을 교수진도 다 알았지만, 정상수업에선 전혀 인정하지 않았다.

학교 측으로부터 이 사실을 전해 들은 오야마 다이묘가 그를 불렀다.

"학교생활은 어떤가?"

언제나 그랬듯이 오야마의 자세는 참선하듯 조금도 흐트러짐이 없었고 말 한마디가 천금같이 무거웠다. 그래서 용주는 오야마 다이묘 앞에 무릎을 꿇고 앉으면 긴장이 돼 눈치를 살피게 마련이었다. 사제 간의 엄격한 법도가 그랬다.

"하이(네), 열심히 하고 있습니다."

"열심히 한다는 것이 고작 F 학점인가?"

"하이, 강의수업은 그렇습니다만 쥬도는 하루 열 시간 이상 연습하고 있습니다."

"그렇다면 승단시합에라도 나가야 할 것 아닌가?"

“하이, 준비하고 있습니다.”

“어때, 이번 춘계 천람대회에 나가는 것이…, 아마도 덴노 헤이카께서는 중대 국사 때문에 불참하실 것 같지만 다이닛폰(대일본) 최대의 승단 행사가 아닌가.”

춘계 천람대회는 1936년 3월 3일로 예정돼 있었다.

그가 조선에서 청운의 꿈을 안고 현해탄을 건너온 지 딱 1년이 되는 날. 만 21세 되던 해 봄이었다. F 학점 문제로 오야마 다이묘와 독대한 날이 2월 초순. 채 한 달도 남지 않았다. 승단시합에 앞서 같은 급끼리 실력을 겨루어 그중 뛰어난 후보선수 5명을 선발하는 발군拔群시합에 먼저 나가야 한다. 이른바 홍군과 백군이 맞붙는 홍백전紅白戰이다. 홍백전에 출전하는 선수들은 모두 기량이 우수했고 중량에 제한이 없는 무제한급이어서 상대방을 꺾기란 그만큼 힘이 들었다.

유도란 왼손이나 오른손으로 수手를 써서 상대방의 힘을 이용해 몸의 중심을 흩뜨리는 것이 기본 원리다. 여기에 발 수와 허리 수를 어떻게 활용하느냐에 따라 승패가 좌우된다. 그런 면에서 어릴 때부터 누구의 가르침도 없이 혼자 나무타기와 주먹 힘을 키워온 용주는 타고난 체력이 좋았고 상대방을 붙잡고 발로 걸고넘어지는 손발의 힘이 남달리 강했다.

비록 비공인 3단이었지만 발군시합에서 공인 3단을 다섯 명이나 꺾고 이어 4단 후보군에 올랐다. 말이 다섯 명이지 힘과 기량면에서 쌍벽을 이루는 선수들끼리 맞붙으면 한 명만 꺾고도 기진맥진하기 마련이었다. 그런데 다섯 명이나 꺾었으니 오죽했겠는가? 힘도 힘이지만 그야말로 정신력이 대단했다. 유도를 국기로 삼고 있는 일본인들은 이를 두고 사무라이 정신이라고 했지만, 그에겐 일본을 이기는 극일 정신이었다.

일주일간에 걸친 발군시합과 승단시합에서 그는 최종 3단을 확정 지었다. 결과적으로 3단에서 3단으로 끝났지만, 비공인에서 일본 정부가 공식적으로 인정하는 강도관 발군 과정을 거친 공인 3단에 만족했다. 그동안 엄청나게 연습한 결과였다. 그러나 아직 공인 4단의 승단시합이 남아 있다. 공인 3단 우승자는 4단 승단 후보군에 자동으로 오르기 때문이다.

공인 4단 승단시합은 그해 10월 추계 천람대회에서 열렸다. 공인 4단 승단시합에 도전해 결국 최종시합에서 공인 4단인 메이지대 유도부장과 맞붙었다. 혈투 끝에 서로 비겼지만, 강도관 4단 승단의 영광을 안았다. 심판이 용주의 팔을 들어주고 승단 깃발이 올라가

자 관중석에 앉아 응원하던 스승 오야마가 뛰어나와 그를 얼싸안고 등을 토닥였다.

"용사마! 축하한다."

"하이(네), 스승님 감사합니다."

그는 대뜸 무릎을 꿇고 오야마 다이묘에게 큰절을 올리며 왈칵 눈물을 쏟았다. 겉으로는 자신을 이끌어준 스승에게 감사의 뜻을 표했지만, 속으론 일본을 이겼다는 감격에서 벗어날 수 없었기 때문이다.

강도관 공인 유단자들이 10여 명이나 되는 오야마 의숙에서도 이제 그는 당당히 고개를 들고 어깨를 겨룰 수 있게 되었다. 그들은 모두 결코 명예롭지 못한 야쿠자들이었지만 오야마가 키워낸 제자들이었다. 용주도 마침내 그 반열에 오른 것이다.

그는 오야마 의숙에 입문하면서도 닛폰도를 한 번도 손에 잡지 않았다. 가끔 야쿠자계의 라이벌과 대련이 벌어질 때도 언제나 허공을 가르는 양발 차기와 맨주먹으로 대결했다. 그러면서도 양어깨, 양 허리에 닛폰도로 무장한 상대방을 여지없이 때려눕히는 기량이 뛰어나 말 그대로 신출귀몰했다.

그래서일까, 혼마치에서 듣기 거북한 아히라(배신자)라는 별명이 사라지고 은연중 '도쿄 다츠'라는 극존칭이 나돌기 시작했다. 도쿄 한복판에 떠오른 '태양'이란 뜻인가? 하지만 그는 재일 조선인들이 부르는 '도쿄의 용'이란 말이 귀에 솔깃했다. 스승 오야마가 불러주는 '용사마'라는 이름도 듣기에 편했다.

호사다마好事多魔라 했던가. 좋은 일에 마가 끼게 마련이라는 뜻이다. 구미(지파) 총회 때마다 오야마 다이묘에게 사사건건 트집을 잡고 딴살림을 차리겠다고 대들던 무리가 마침내 공개적으로 반기를 들고 도전장을 냈다. 국제 항만 도시 요코하마를 거점으로 세력을 키워온 간토關東 지방의 강력한 야쿠자 조직 기토구미鬼頭組! 요코하마는 지형적으로 도쿄 코 앞이다.

오야붕은 '귀신 우두머리'라는 조직의 이름을 딴 미시마 기아키三島鬼明. 간토 지방을 나와바리로 통치하는 밝은 귀신이라는 뜻이다. 사무라이 복장에 끔찍스러운 귀신의 가면假面, 즉 귀신 탈로 자신의 얼굴을 가리고 다니는 특이한 야쿠자 오야붕이다. 귀수전의 모모다로 상을 흉내 내듯 귀신을 유달리 숭배했다.

마치 신내림을 받은 무당처럼 요코하마 차이나타운에 신당神堂을 차려놓고 발원발복發願發福을 기도하지만, 그가 믿는 귀신은 허구의 잡귀신에 불과했다. 그래서일까, 도쿄 혼마치에서도 그를 괴물로 보고 있다. 탁월한 리더십으로 승승장구한 여느 오야붕과는 달리 꼬붕 시절부터 잔혹한 테러와 보복으로 라이벌을 꺾고 조직을 장악해 오야붕에 올랐다.

그동안 경시청과 형무소를 내 집처럼 드나든 살인 · 폭력 전과 만도 10범. 별을 10개나 달고 승승장구했지만 행동대장 이상 오르지 못했다. 그런 자가 내내 불만을 품어오다가 꼬붕들을 부추겨 쿠데타를 일으키고 오야붕에 올랐다. 전통적인 사무라이 정신에 전혀 어울리지 않는 괴물 행태였다. 그러고는 3년 만에 '도쿄 혼마치에서 탈퇴하겠다'고 노골적으로 주장하다가 번번이 비토당하자 앙심을 품고 감히 오야마 다이묘의 얼굴에 닛폰도를 들이댄다.

1937년 5월 1일 국제노동절 새벽. 기토구미 오야붕 미시마의 진두지휘 아래 닛폰도로 무장한 꼬붕 50여 명이 닛산 도라쿠(트럭) 두 대에 나눠 타고 도쿄 혼마치로 쳐들어온 것이다. 혼마치의 호위무사는 겨우 10여 명. 중과부적이었다. 이때 소식을 접한 용주는 급히 숙소를 빠져나와 오야마 다이묘가 취침 중인 내실로 달려갔다. 스승의 안위가 걱정되었기 때문이다. 다이묘는 마침 예의 교자상 앞에 정좌해 묵상에 잠겨 있었다.

용주는 감히 스승의 허락도 없이 냉큼 그 옆자리를 차지하고 앉았다. 맨주먹뿐이었다. 그렇지만 조금도 흔들림이 없었다. 잠시 눈을 뜨고 그윽한 표정으로 용주를 바라보는 다이묘가 말없이 고개를 끄덕였다. 다이묘도 이미 놈들이 쳐들어온다는 사실을 알고 있었다. 그러나 오야마 의숙의 호위무사들로만 막을 수 없었다. 혼마치에서 가장 가까운 긴자구미 히라타 오야붕에게 긴급지원을 요청하기에도 시간이 너무 늦었다.

그렇다고 경시청에 신고할 수도 없었다. 그것은 다이묘답지 않은 비겁한 행동이기도 했다. 조직의 문제는 조직의 힘으로 풀어야 하는 것이 야쿠자계의 대원칙이다. 그래서 호위무사들이 급히 용주를 불러들였는지도 모른다. 용주의 대담성은 일당백이기 때문이다. 그것을 다이묘도 익히 알고 있었다. 오야마와 용사마! 사제 간의 신의는 말이 필요 없었다. 급박한 상황에서 서로 눈길만 마주쳐도 무엇을 어떻게 처리해야 할지 훤히 꿰고 있었다.

"쿵쾅, 쿵쾅, 쿵쾅!"

아니나 다를까, 마침내 벼락 치는 소리가 무거운 침묵을 깼다. 첫 번째, 두 번째, 세 번째 창호문이 연달아 열리면서 양쪽 허리춤에 긴 닛폰도를 찬 미시마가 호위무사를 대동하고 얼굴을 드러냈다. 그러나 그의 얼굴은 귀면鬼面 탈로 가려져 있었다.

거침없이 히노키 계단을 올라 내실에 들어선 그는 예를 갖추듯 무릎을 꿇긴 했으나 행동거지가 오만하고 무례했다.

"오야마 총오야붕께 진언進言 드리고자 합니다."

미시마는 아예 '다이묘'의 존칭을 생략하고 흔히 뒷전에서 오가던 '총오야붕'이라는 별칭을 사용했다. 한마디로 오만방자한 태도가 아닐 수 없다.

"진언이라 했는가?"

오야마는 미시마의 태도가 매우 불손했으나 다이묘답게 미동도 않고 말문을 열었다.

"하이(네), 진언!"

"진언이란 뜻이 뭔지 알긴 아는가?"

"아랫사람이 윗분에게 자기 의견을 말하는 것 아닙니까."

"그래, 그렇다면 아랫사람이 진언하는 태도가 그게 뭔가?"

"이거 원, 국어 시험을 치러 온 것도 아니고…, 영감! 단도직입적으로 말해서 우리 기토구미는 혼마치 산하에서 탈퇴하겠습니다. 이 자리서 승낙해주십시오. 최후통첩입니다."

"최후통첩이라… 받아들이지 않는다면?"

오야마 다이묘는 손끝이 떨릴 정도로 강력한 분노를 느꼈으나 꾹

참았다.

“그렇다면 일전불사一戰不辭 할 수밖에 없습니다.”

“일전불사라 했나?”

“하이, 일전불사!”

“건방진 놈!”

“하이, 건방진 놈이 기토구미의 힘으로 혼마치와 한바탕 붙겠소.”

미시마가 이렇게 내뱉으며 앉은 자리에서 닛폰도를 빼 들었다.

바로 순간 다이묘의 옆자리를 지키고 있던 용주가 역시 앉은 자리에서 번개같이 교자상 위로 몸을 날렸다. 그와 동시에 발을 길게 뻗쳐 미시마의 닛폰도부터 떨어뜨리고 전광석화처럼 몸을 일으키며 돌주먹을 날렸다. 순간 미시마의 얼굴을 가리고 있던 험상궂은 가면이 벗겨지고 민낯이 드러나면서 입에서 시뻘건 피가 쏟아졌다.

기고만장하던 미시마가 맥없이 쓰러지자 히노키 계단 앞에서 경계 중이던 호위무사들이 닛폰도를 빼 들고 급히 달려들었다. 하지만 놈들도 용주의 날쌘 선제공격으로 별수 없이 곤두박질치고 말았다.

“이 노무(놈의) 자슥들이 어디서 겁도 없이 함부로 까부노. 어엉!”

화나면 주술처럼 튀어나오는 경상도 사투리. 그는 이 말 한마디 내뱉기 무섭게 뻗어버린 놈들을 한 놈씩 업어치기로 들어다 히노키 계단 밑으로 패대기를 쳤다.

놈들이 하나같이 다다미방 바닥에 널브러졌으나 그는 숨 쉴 틈도 주지 않고 돌주먹으로 연거푸 잽을 날리듯 턱이며 얼굴을 두들겨 피투성이로 만들었다. 그의 돌주먹은 무자비하고 냉혹했다. 특히 미시마는 얼마나 얻어맞았는지 이빨이 세 개나 부러지고 피투성이로 변한 얼굴 전체가 퉁퉁 부어올라 형체를 알아볼 수 없었다. 마침내 놈들은 눈 깜짝할 사이에 죽은 시체처럼 꼼짝을 못하고 널브러져 버렸다.

자칫 살인으로 이어질지도 몰랐다. 그러나 설혹 그들이 맞아 죽었다 해도 용주에겐 '정당방위'라는 명분이 있다. 정작 닛폰도를 빼들고 비무장인 다이묘를 죽이겠다고 선제공격을 가한 미시마 일당에게 살인 혐의가 적용될 수 있기 때문이다.

용주는 놈들이 죽은 듯이 사지를 뻗자 비로소 손을 털며 몸을 일으켰다. 그러나 그는 아직 반분도 풀리지 않았다. 마치 디딜방아를 찧듯 점프하며 놈들을 마구 짓이겨 놨다. 그러고는 방바닥에 꼴사납게 나뒹구는 미시마의 가면을 주워 들고 뚜벅뚜벅 현관으로 걸어나갔다. 현관문을 열어 제치자 잔디밭에서 혼마치 호위무사들과 소식을 듣고 달려온 히라타의 긴자구미가 침략자 기토구미와 닛폰도를 겨누며 대치 중이었다. 일촉즉발의 위기 상황. 그러나 용주의 눈에 들어온 이 진풍경은 실로 가관이었다.

그는 닛폰도를 번쩍이며 몰려 있는 기토구미를 향해 미시마의 가면을 던지며 큰소리로 외쳤다.

"야, 이 놈들아! 미시마가 다이묘에게 함부로 까불다가 맞아 죽었다. 당장 시신을 거둬 가랏!"

잔디밭에 떨어지는 오야붕의 가면을 보고 기겁한 데다 용주의 고함 소리에 소스라친 기토구미 꼬붕들이 아연실색했다.

"어엇! 우리 오야붕이 맞아죽었다니…?"

귀신 두목! 천하 기토구미 오야붕 미시마의 죽음을 알리는 용주의 장송곡 퍼포먼스에 기겁을 한 꼬붕들은 갑자기 기가 꺾여 닛폰도부터 거둬들였다. 항복의 신호였다.

그러나 미시마와 호위무사들은 죽지 않고 겨우 숨만 붙어 있었다. 일단의 꼬붕들이 현관문을 통해 대형 다다미방으로 들어가 보니 아니나 다를까, 오야붕과 호위무사들이 피투성이가 된 채 죽은 듯이 쓰러져 있었다. 온몸에 골병이 들어 굴신을 못 했다. 엉금엉금 기어가다 못해 꼬붕들의 등에 업혀 가는 신세가 되고 말았다.

그 도도하던 미시마 기아키가 혼마치에서 꼬붕들에게 보여준 처참한 모습. 이 광경을 지켜보던 긴자구미 오야붕 히라타가 새삼 혀를 내둘렀다. 긴자구미 꼬붕들이 쥬오도리에서 당한 것은 아예 저리 가라였다. 오야마 의숙 신뻥(초년병) 야쿠자 박용주가 혼자 맨주먹으로 기토구미 오야붕 미시마부터 박살내고 조직 전체를 굴복시켰기 때문이다.

7. 천하 통일

7

천하 통일

박용주는 상황이 끝나자 비로소 내실로 올라가 오야마 다이묘에게 머리 숙여 예를 갖췄다.

"스승님! 소란을 피워 송구스럽습니다. 무례를 용서하십시오."

"아니, 아니야. 난 괜찮아. 어디 다친 데는 없는가?"

"하이, 없습니다."

용주는 평소와 다름없이 멀쩡한 표정으로 답했다.

"나, 오늘 재밌는 구경했어. 하하. 용사마! 넌 역시 내 아들이야. 훌륭하이."

오야마는 흐뭇한 표정으로 웃음을 터뜨리며 연방 고개를 끄덕였다.

어쩌면 용주가 자신이 거둔 제자라기보다 아버지를 지켜주는 장한 아들로 보였을지도 모른다. 그랬다. 큰 산, '오야마'라는 호칭이 붙은 다이묘는 진즉에 산이 많은 나라 조선을 부러워했다. 산신이 깃들어 있다는 조선의 영산靈山을 한번 오르고 싶은 마음도 있었다. 그런데 신이 깃든 그 영산이 지금 자기 앞에 앉아 있지 않은가. 그것만 해도 대견했다.

그는 용주와 첫 대면을 했을 때 이미 그런 신기神氣를 느꼈던 것이다. 평소 자신이 자랑하던 강도관의 유도 고단자가 아무리 기량이 크고 넓다 해도 가히 신들린 용주의 무궁무진한 무술을 뛰어넘을 수 없다고 판단했기 때문이다. 하지만 그런 용주도 솔직히 자신의 기량에 대해 잘 알지 못했다. 위기상황이 닥칠 때마다 그저 단순히 본능적으로 몸이 움직였고 순간적인 발차기와 돌주먹으로 위기에 대응해 왔을 뿐이었다.

남들이 그의 뛰어난 기량에 감탄하며 '신의 기술'이라고 치켜세우기도 했지만 그는 스스로 그것을 인정하지 않았다. 그저 타고난 위기 돌파력으로만 생각했다. 자란 환경이 그랬기 때문이다. 팔공산 깊은 자락에서 신이 깃든 노송을 벗 삼아 체력을 단련해온 것이 전부였다. 그러니 사람들이 그를 보고 팔공산 정기를 타고 태어났다고 하지 않았던가?

오야마 다이묘는 한숨을 돌리자마자 혼마치를 경계 중이던 긴자구미 오야붕 히라타를 호출했다. 히라타는 쥬오도리 사건의 책임을 지고 대기령을 받았다가 박용주가 오야마 다이묘의 제자로 입문하면서 복권되었다. 결과적으로 용주가 히라타에게 병 주고 약 준 셈이지만 생명의 은인이기도 했다. 그는 용주의 인간 됨됨이에 혹해 애초 약속했던 대로 형제애로 지내고 있었다.

그는 미시마가 쿠데타를 일으켰을 때 혼마치의 지원 요청이 없었지만 소식을 접하고 즉각 꼬붕들을 총동원해 혼마치 방어에 나섰다. 때문에 미시마의 일거수일투족을 일일이 지켜볼 수 있었지만, 선뜻 선제공격에 나서지 못했다. 무엇보다 사무라이의 전통을 오롯이 이어온 오야마 의숙을 지키는 일이 시급했기 때문이다.

게다가 다이묘 옆에는 일당백의 용사마가 지키고 있었다. 그래서 미시마가 다이묘와 면담하는 동안 만일의 사태에 대비하긴 했지만 역시 예측했던 대로 용사마 혼자서 일을 다 처리해버린 것이다. 잔디광장에 내동댕이친 미시마의 가면을 본 순간 그것을 직감했던 것이다. 하지만 그는 기토구미가 황급히 철수하고 상황이 끝나갈 무렵에야 겨우 한숨을 돌렸다. 그런데 아니나 다를까, 다이묘의 긴급한 호출을 받은 것이다.

그는 헐레벌떡 내실로 달려오면서도 또 무슨 질책을 받지 않을까 두려움이 앞서 가슴이 조마조마했다. 조심스럽게 히노키 계단으로 다가간 그는 다다미 바닥에 엎드려 머리를 조아렸다.

"긴자구미 오야붕, 다이묘님의 명을 받고 왔습니다."

"으음, 이리 올라오시게."

그런 엄청난 일을 겪고도 다이묘의 목소리가 차분히 가라앉아 있었다.

히라타는 조심스럽게 내실로 올라가 교자상 앞에서 다시 머리를 조아렸다. 다이묘 옆에 앉아 있는 용주가 의미심장한 미소를 보냈지만 그는 긴장을 풀지 못했다. 미동도 하지 않고 근엄한 자세로 앉아 있는 다이묘가 그만큼 두려웠기 때문이다.

"히라타 오야붕!"

다이묘의 목소리가 갑자기 우렁우렁해지기 시작했다.

"하이, 다이묘님!"

"자네, 내일 아침 일찍 요코하마로 내려가 기토구미를 접수하고 오시게."

"네에…?"

화들짝 놀란 히라타가 비로소 고개를 들어 다이묘를 쳐다봤다.

"왜, 놀라나. 자신이 없는가?"

"아, 아니 옳습니다."

"병력은 동원하지 말고 칼 잘 쓰는 호위무사 한 댓(다섯) 명만 데리고 갔다 오시게나."

"전쟁터에 나가는데 댓 명이라니 무슨 말씀이신지…?"

"이런 바카! 이미 전쟁에 패한 기토구미를 접수하고 전리품을 챙기라는데 무슨 전쟁 운운인가?"

"그렇지만…?"

"그렇지만이 아니라 놈들이 하늘같이 받들어온 미시마가 처참한 몰골로 나자빠진 것을 자네 눈으로 보지 않았나?"

"하이, 그렇습니다만…."

"그러니 그 꼴을 지켜본 꼬붕들도 모두 기가 죽어 있을 게야. 그럴 때 서둘러 항복을 받아내야 할 것 아닌가?"

오야마는 반생을 야쿠자계에 몸담아 오면서 산전수전 다 겪었다. 그만큼 난관을 돌파하는 예지력도 강했다.

"하이, 명심하겠습니다만 혹여 용사마 군과 함께 떠나도 되겠는지요?"

"용사마?"

"하이, 그렇습니다."

"하하. 이런 바카! 천하의 긴자구미 오야붕이 용사마의 도움이 없으면 아무 일도 못 한다는 건가?"

"아니 옳습니다. 그저 용사마 군과 함께라면 마음이 편하기 때문입니다."

"이거 큰일 났구먼. 용사마 군은 내 곁을 지켜야 하는데 약방감초처럼 아무나 도움을 요청하니 원…."

"송구스럽습니다. 다이묘님!"

반란군 오야붕 미시마 척결 이후 박용주의 몸값은 한층 올라갔다. 주위의 분위기가 그랬다. 그는 이미 오야붕의 반열인 호위무사단을 이끌고 있다고 해도 과언이 아니었다. 시쳇말로 다이묘의 경호실장인 셈이다.

그 이튿날 이른 아침. 히라타는 긴자구미에서 칼잡이로 소문난 호위무사 다섯 명을 거느리고 박용주와 함께 다쿠시 두 대에 나눠 타고 요코하마로 출발했다. 호위무사들은 닛폰도에 사무라이 복장을 했지만 히라타와 용주는 양복 정장 차림에 나카오리(중절모)를 눌러쓰고 백구두를 신었다. 1930년대 유행하던 미국 뉴욕 암흑가의 마피아 스타일이었다. 용주가 입은 가다마이는 오야마가 맞춰 준 세빌로 양복. 곱게 아끼다가 오랜만에 꺼내 입었다.

달리는 다쿠시 안에서 히라타가 마음속에 품고 있던 말을 꺼냈다.

"용사마 상! 만약 놈들이 항복하지 않고 끝까지 저항한다면 어떡하지? 우린 겨우 일곱 명뿐인데…."

잔뜩 긴장한 히라타가 근심스러운 표정으로 말문을 열었다.

"아네키(형)! 전 다이묘님의 말씀에 전적으로 동감합니다. 아마 그런 일은 없을 겁니다. 일단 부딪혀 봅시다. 안 되면 이걸로…."

용주는 느닷없이 어깨를 들먹이며 주먹으로 한 방 먹이는 시늉을 했다.

"…."

히라타는 묵묵히 고개를 끄덕이긴 했지만 어딘지 모르게 긴장감에서 헤어나지 못한 모습이었다.

"아네키! 미시마가 닛폰도를 들고 내실에 쳐들어왔을 때 실은 내가 의도적으로 놈을 박살을 냈거든요. 아마도 병원 응급실로 실려갔다면 아직도 비몽사몽간을 헤매고 있을 겁니다. 꼬붕들이 그 꼴을 보고 죽기로 작정하지 않는다면 감히 어디다 닛폰도를 들이대겠습니까?"

사실 용주의 말마따나 기토구미 오야붕 미시마와 호위무사들은 요코하마 현립縣立병원에 입원해 사경을 헤매고 있었다.

막상 기토구미 캠프에 도착해 보니 삼삼오오 모여 있던 놈들이 히라타를 알아보고 기가 팍 죽어 납작 엎드렸다. 10여 명이 될까 말까 한 인원. 중간 보스들이라고 했다. 나머지 꼬붕들은 뿔뿔이 흩어진 상황이었다. '도쿄 혼마치에서 보복하러 올지도 모른다'며 아예 겁을 먹고 시골로 달아난 놈들도 상당수에 달했다. 이미 오합지졸이 된 조직은 해체 직전에 놓여 있었다.

이런 꼴을 확인한 히라타는 비로소 자신감을 갖게 되었다. 의식적으로 위엄도 갖췄다. 긴자구미 호위무사들이 만일의 사태에 대비해 놈들을 경계했으나 닛폰도를 빼 들지는 않았다. 그러나 기토구미 꼬붕들이 정작 두려워한 사람은 히라타가 아니라 용사마였다. 그들은 히라타와 함께 나타난 또 다른 양복쟁이가 다름 아닌 혼마치 잔디광장을 점령한 기토구미를 향해 미시마의 죽음(?)을 알린 용사마, 바로 그 당사자임을 확인하고 경악했다. 그들 눈에는 용사마가 마치 사람이 아닌 사람의 탈을 쓴 진짜 귀신으로 보였던 것이다.

"모두 일어나 자리에 앉기 바란다."

“하이(네), 오야붕님!”

납작 엎드렸던 자들이 그제서야 우루루 몰려와 닛폰도부터 내려놨다. 항복의 뜻이었다. 그러면서도 두려움에 떨며 히라타보다 용사마의 눈치만 살폈다.

히라타가 계속 말문을 이어갔다.

“여러분! 나를 잘 알고 있겠지만 나는 도쿄 긴자구미 오야붕 히라타다. 다이묘님의 명을 받들어 여기 왔다.”

“하이, 잘 알겠습니다.”

맨 앞에 엎드린 자가 큰소리로 답했다.

“그러니 지금부터 내가 하는 말은 곧 다이묘님의 명이니 그리 알고 똑똑히 들어두기 바란다.”

“하이, 명심하겠습니다.”

일제히 복창했다.

“나는 다이묘님의 명을 받들어 기토구미를 접수하러 왔다. 이제부터 기토구미는 혼마치의 지휘통제를 받게 된다 알겠나?”

“하이, 명심하겠습니다.”

그들은 일제히 큰소리로 복창하면서 닛폰도를 내려놨다. 일종의 항복 의식이나 다름이 없었다.

"여기 부오야붕이 누군가?"

"하이, 접니다. 마쓰시타라고 합니다."

맨 앞에 엎드려 있던 자가 몸을 일으켰다.

"으음, 마쓰시타 군!"

히라타가 그를 바라보며 고개를 끄덕였다.

"이제 기토구미의 명칭도 도쿄 혼마치 직할 구미로 바꾼다. 기토구미의 역사는 이 시간 이후 영원히 사라지게 되었다. 알겠나?"

"하이!"

"그리고 마쓰시타 군! 미시마는 지금 어떻게 되어 있나?"

"하이, 아직 의식을 회복하지 못하고 있습니다."

"으음, 배신의 결과가 이렇게 처참하다는 것을 너희 눈으로 똑똑히 봤을 것이다. 설혹 미시마가 살아난다 해도 다이묘님 앞에서 셋부쿠로 용서를 구해야 할 것이다. 그는 이제 우리 오야마 가문 호적에서 영원히 제명되었다."

"하이, 잘 알겠습니다. 저희도 오야붕의 잘못을 깊이 통감하고 있습니다."

마쓰시타가 대표로 말했다.

히라타는 미시마의 쿠데타에 편승해 도쿄 혼마치로 출동한 꼬붕들에 대해서는 일단 오야붕의 명령에 따른 것으로 간주하고 일체 불문에 부치겠다고 했다. 그러고 마쓰시타를 혼마치 직할 구미 오야붕 직무대리로 임명하고 무너진 조직을 추스르도록 했다.

이 소식이 도쿄 혼마치 산하 각 지파 캠프로 삽시간에 퍼져나갔고 각 캠프마다 긴장한 분위기가 감돌기 시작했다. 특히 그동안 기토구미와 동조해 사사건건 반기를 들었던 일부 캠프 오야붕들은 미시마처럼 보복을 당하지 않을까 두려움에 떨며 전전긍긍했다.

오야마 다이묘는 히라타와 용사마가 기토구미를 접수하고 돌아오자 즉각 도쿄 혼마치 산하 각 지파 캠프에 임시총회 소집을 통보했다. 히라타 말마따나 각 구미(지파) 오야붕과 중간 보스, 대의원 등 100여 명이 모여 대회의실을 가득 메웠다. 각 구미 오야붕들은 혼마치에 도착한 즉시 다이묘를 친견하고 예를 갖춰 정중하게 인사를 올렸다. 그들은 전에 없이 세빌로 양복 차림으로 다이묘를 호위하고 있는 용사마에게도 목례를 건넸다. 우습게 봤던 후테이센진 박용주를 다시 평가하게 된 것이다.

창호문 세 개가 다 열린 대회의실은 평소의 총회 분위기와는 달리 긴장감이 팽팽했다. 참석자들은 서로 옆 사람들과 귓속말을 주고받으며 기토구미의 쿠데타 소식과 저간의 정보를 공유했다. 다이묘의 호위무사인 용사마가 쿠데타를 일으킨 기토구미 오야붕 미시마를 단숨에 요절낸 드라마틱한 이야기가 주를 이루었다.

"미시마가 감히 다이묘님께 닛폰도를 들이대다니 완전히 미친 짓이 아닌가. 미치지 않고서는 도저히 그럴 수 없다니까."

모두 미시마에 대해 강력한 분노를 표출하고 성토하는 분위기였다.

임시총회에 참석한 오야붕들의 다이묘 친견 행사가 끝나자 마침내 회의가 열리고 히라타가 사회를 맡았다. 간단한 경과보고를 마치고 다이묘의 훈시로 이어졌다. 회의장은 찬물을 끼얹은 듯 무거운 침묵이 흘렀다.

"여러분! 기토구미의 쿠데타 소식을 익히 전해 들었을 것입니다. 우리가 비록 야쿠자로 전락했지만 정통 사무라이의 후예임을 망각해본 적은 아직 한 번도 없었습니다.

그래서 내가 항상 강조해온 것이 사나이 의리였습니다. 저 벽면에 걸려 있는 휘호처럼 의리를 위해서는 우리 모두가 사자와 같은 행동을 보여야 한다고 말입니다. 의리의 덕목은 다이묘와 오야붕, 오야붕과 꼬붕 간에 사나이 대장부다운 신의를 지켜야 한다는 뜻입니다.

그런데 내가 가장 신뢰했던 동지로부터 신의를 잃고 배신을 당하고 말았습니다. 지난 반생 동안 도쿄 혼마치를 이끌어 왔지만 이런 일은 처음 당해 봅니다. 도대체 내가 뭘 잘못했기에 이런 모욕을 당해야 합니까?"

오야마 다이묘는 격한 감정이 복받쳐 잠시 말을 끊기도 했지만 조리 정연하게 훈시를 이어갔다. 쿠데타를 주동한 기토구미 오야붕 미시마에 대한 분노가 훈시의 주된 내용이었다.

"나는 이번 일을 계기로 더 이상 창피를 당하지 않게 극단적인 조치를 취하고자 합니다. 무엇보다 우리 조직의 신의를 회복하고 단결력을 강화하기 위해 강력한 지휘체계를 확립하고자 합니다.

그래서 우선 외부 세력으로부터 우리 혼마치를 지키기 위해 독고다이(특공대) 호위무사단을 구축하기로 결심했습니다. 무술이 뛰어난 강도관 유단자들을 중심으로 전통적인 사무라이 정신을 회복하는 일이 시급합니다. 본인은 극구 사양하고 있습니다만 독고다이 오야붕을 용사마 군으로 지명했습니다."

"옳소! 용사마, 간바레(힘내라)!"

다이묘의 일방적인 제안에 일제히 박수로 화답했다.

옆에 서 있던 박용주가 얼떨결에 굽신 인사를 했으나 다이묘는 조직 개편을 단행하면서 정작 그의 의사를 사전에 단 한 번도 타진하지 않고 일방적으로 오야붕의 반열에 올린 것이다.

오야마는 말미에 다이묘의 직권으로 기토구미를 접수하고 오야붕 미시마를 파문했다고 공식적으로 밝혔다.

"다이묘님! 반자이(만세)!"

좌중에서 박수소리가 터져 나왔다.

잠시 후 오야마는 좌중을 향해 다시 말문을 돌렸다.

"비겁하게 등 뒤에서 칼을 꽂지 말고 지금이라도 불만이 있으면 당당히 말하시오. 다 들어주겠소. 탈퇴하고 싶으면 언제든지 탈퇴해도 좋소. 다만 그동안 쌓아온 신뢰를 생각해서라도 교활하게 배신하지 말고 떳떳한 명분을 밝히기 바라오."

오야마 다이묘의 훈시가 끝나자 참석자 모두 기립박수로 단결력을 과시했다.

그들은 다시 굳은 결의로 다이묘에게 충성맹세를 다짐했다. 이로써 오야마 다이묘는 분열을 일소하고 일본 열도 야쿠자계를 통일하게 된 것이다. 거기에는 박용주, 즉 용사마의 공이 컸다.

8. 관동군 특무대

8
관동군 특무대

오야마 다이묘가 일본 야쿠자계를 천하 통일한 지 불과 2개월여 만인 1937년 7월 7일. 시중에 은밀히 나돌던 소문이 마침내 현실로 나타났다. 전운이 감돌던 일 · 중日中 전쟁! 다이묘가 육군대신부의 특무대장을 통해 입수한 첩보에 따르면 이날 밤 중국 베이징에 주둔해 있던 황군皇軍(일본군) 기타지나北支那(북중국) 파견군 진지에서 중국 국부군과 대규모 전투상황이 벌어졌다는 것이다. 이른바 일 · 중 전쟁이 국지전에서 전면전으로 확산된 루거우차오盧溝橋 사건. 루거우차오란 베이징 남서쪽 20km 지점에 있는 하얀 돌다리石橋의 이름이다.

1192년에 축조된 이 다리는 마르코 폴로의 동방견문록에 소개될 만큼 유명한 다리로 난간 돌기둥에 각기 다른 모양의 사자상이 485개나 조각돼 있어 보는 이로 하여금 감탄하게 마련이었다. 의화단義

和團 사건 이후 중국에 진출한 황군이 이 다리에서 국부군과 최초로 맞닥뜨린 전투상황이 루거우차오에서 벌어진 것이다.

의화단 사건이란 청나라 말기이던 1898년 영국과의 아편전쟁에서 패하고 국력이 쇠퇴해지자 '서양 열강 세력을 몰아내고 무너지는 청나라를 다시 일으켜 세우자'며 이른바 '부청멸양扶淸滅洋'의 기치를 내걸고 일어난 농민운동. 이에 고무된 청조淸朝가 열강과 맞서기 위해 의화단을 베이징으로 불러들이자 미국·영국·독일·일본 등 연합군은 이를 구실로 베이징을 점령하고 의화단을 무력으로 진압한다. 그 과정에서 황군이 루거우차오를 점령한 것이다.

이후 청조가 무너지고 장제스蔣介石의 국민당과 마오쩌둥毛澤東의 공산당이 국공國共합작 정부를 수립했다. 그러나 이념 갈등을 극복하지 못해 분열되고 내전으로 이어지면서 중국 대륙은 극도의 혼란에 빠져들고 만다. 때문에 대다수 인민들은 정부다운 정부의 보호를 받지 못한 채 대륙을 방황하는 악순환을 반복했다. 루거우차오 사건도 중국의 무정부 상태에서 도발한 황군의 일방적인 침략전이었다.

사건의 발단은 바로 루거우차오 주변에서 황군이 야간 군사훈련을 실시하고 있던 중 다리 건너편 중국 국부군 진지에서 총성이 울렸다. 이어 황군 병사 한 명이 실종(?)되자 이를 구실로 국부군을 공격하기 시작했다. 쌍방 간에 교전이 치열해지고 희생자가 속출했다. 열세에 몰린 국부군은 사건 발생 이틀 만인 7월 9일 정전을 제의했다.

일본과 중국, 양국 정부 간에 정전 교섭에 들어가 11일 정전협정이 성립되었다. 그러나 일본 군부는 이를 계기로 북지나 파견군 3개 사단을 일방적으로 베이징에 진출시키고 마침내 선전포고도 없이 베이징北京과 톈진天津에 제로센零戰 전폭기의 공습을 감행한다. 전면적인 일 · 중 전쟁 발발이었다. 그 당시 중국은 변변한 전투기 한 대 없었다.

황군의 최신예 전폭기인 제로센 편대가 베이징을 공습한 데 이어 톈진까지 공습을 감행하자 중국 북부 곳곳에서 검붉은 화염이 치솟고 무고한 양민들이 죽어 나갔다. 전쟁상황이 급박하게 돌아가자 국공國共 내전으로 분열되었던 장제스의 국민당(국부군)과 마오쩌둥의 공산당(인민해방군)이 다시 국공합작으로 일본의 침략에 공동 대응하기에 이른다.

국공 내전이란 중국 대륙을 지배하고 있던 장제스와 마오쩌둥의 양대 세력이 충돌한 내전. 이들 양대 세력은 1911년 청나라 왕조淸

朝가 무너지고 군벌(사조직 군대) 시대가 도래하자 1924년 '대륙에 난립한 군벌을 소탕하기 위해 공동으로 대응하자'며 힘을 합치게 된다. 제1차 국공합작.

그러나 그 무렵 각 지역 군벌과 국민당 정부의 탄압에 시달리던 절대다수 노동자 · 농민들이 공산당 지지세력으로 돌아서고 공산주의가 급격히 팽창한다. 수세에 몰리던 국부군은 국공 합작 3년 만인 1927년 일방적으로 국공합작을 깨고 대대적인 토공전討共戰(공산군 토벌작전)에 나서고 이에 반발한 농공민農工民들이 마침내 폭동을 일으키고 만다. 이른바 '상하이 4 · 12 사건'. 이어 양대 세력은 다시 국공내전으로 치닫게 된 것이다.

그로부터 10년 후 일 · 중 전쟁이 발발하자 이들 양대 세력은 또 다시 일본의 침략에 맞서 제2차 국공합작을 이루고 항일연합전선을 구축한다. 그러나 그 당시 황군이 지배하고 있던 동북 3성, 즉 만주는 양대 세력의 영향력이 크게 미치지 못했다. '동북이 없으면 중국도 없다'는 말이 그래서 나왔다. 전략적으로나 경제적으로 만주가 그만큼 중요한 요충지였기 때문이다.

1905년 일 · 러 전쟁에서 승리한 일본이 러시아로부터 만주의 지배권을 빼앗고 1938년에는 군벌 왕자오밍汪兆銘을 수반으로 하는 친일 괴뢰정부를 세웠다. 그러고는 광활한 중국 대륙을 수탈할 발판으로 삼기 위해 만주국을 일본 영토로 복속시키고 1930년대부터 획기적인 산업시설을 확충해 왔다. 일 · 중 전쟁이 발발할 무렵에는 만주국에서 생산되는 제철과 철강재가 중국 전체 생산량의 87%~93%나 차지하고 전력이 72%, 시멘트 66%, 철도와 석탄이 각각 50%를 차지해 중국 경제의 원동력이라 해도 과언이 아니었다.

모두 일본의 지배력에서 발전해온 눈부신 국가 소득이었다. 때문에 장제스나 마오쩌둥도 '승리의 토대는 만주'라며 동북 3성 탈환에 사활을 걸었다. 하지만 만주를 지배하고 있는 강력한 일본 관동군의 방어력에 번번이 실패하고 만다. 관동군은 오히려 동북 3성을 중국 본토 침공의 발판으로 삼아 대륙 진출의 교두보를 구축하고 있었다.

일 · 중 전쟁이 발발한 지 한 달여가 지났을 무렵. 일본 열도 특유의 열대야에 시달리던 박용주는 한밤중에 오야마 다이묘의 부름을 받았다. 내실에선 이미 대여섯 명의 참모들이 교자상을 중심으로 좌정해 있었다. 다이묘는 불그스레한 얼굴에 술 냄새를 풍겼지만 표정은 무거웠다.

한밤중에 참모회의를 소집하고 용주를 참석시키다니 놀라운 일이기도 했지만, 다이묘는 평소에도 긴급한 사항이 생기면 으레 용사마의 의견을 먼저 물어보고 일을 처리해 왔다. 그만큼 용사마를 신뢰했다. 그러나 그에게 공식적인 직함은 주지 않았다. 좋게 말하면 그를 상담역으로 활용한 것이다. 그러면서도 자신의 호위무사로 항상 가까이 있게 했다.

그런 용사마에게 오야마가 일방적으로 붙여준 직함이라면 지난번 기토구미 쿠데타 이후 새로 조직한 혼마치 독고다이(특공대) 오야붕이 고작이었다.

“여러분! 밤늦게 불러 미안하외다. 여러분도 이미 아시겠지만 덴노 헤이카(천황 폐하)께서 전시 비상령을 발령했소. 우리 조직에도 극비의 특수임무가 부여돼 조만간 실행에 옮겨야 할 것 같소.”

극비의 특수임무? 군에 입대하는 징집령인지도 몰랐다. 그러나 그게 아니었다. 말 그대로 야쿠자 집단에 내려진 야쿠자의 명예를 걸고 수행해야 할 특수임무였던 것이다.

다이묘에 따르면 이제 막 출범한 혼마치 독고다이구미組를 우선 선발대로 만주에 급파한다는 거였다. 만주는 이미 알려졌다시피 일 · 러 전쟁 이후 친일 위성국가 ‘만주국’을 세우고 관동군이 지배권을 행사해온 전략적 요충지였다. 하지만 자이니치(재일본 조선인) 박용주의 입장에서 봤을 때 그곳은 우리 한민족의 역사와도 깊은 관련이 있는 지역이다. '만주'라는 지명 자체가 예부터 우리 민족에게 한 서린 이름으로 각인돼 왔기 때문이다. 특수임무가 무엇인지 알 수 없지만, 그 역사의 현장에 자신이 선발대로 가게 되다니 용주는 착잡한 심정을 가눌 수 없었다.

만주란 원래 여진족이 붙인 지명. 그들이 살던 땅이라는 뜻에서 '만추리아'로 불렀다고 한다. 랴오닝遼寧 · 지린吉林 · 헤이룽장黑龍江 등 중국의 동북 3성省과 네이멍구內蒙古 일부 지역을 통칭하는 말이다. 북서쪽으로 대흥안령大興安嶺, 남동쪽으로는 창바이산맥長白山脈이 뻗어 있고, 그 사이에 드넓은 동북평원이 펼쳐져 있다.

2,000여 년 전(BC 37년) 고구려 건국 초기 작금의 랴오닝성인 랴오둥반도遼東半島가 고구려 영토였고 699년 발해국渤海國을 건국할 당시에는 두만강 상류 지린성 둔화현敦化縣을 도읍지로 삼았다. 그리고 저 멀리 러시아의 동해안 연해주와 블라디보스토크까지 영토를 넓혔다는 사실이 역사에 전해지고 있다. 두만강 상류인 둔화현을 중심으로 무단장牧丹江과 쑹화장松花江 유역의 룽징龍井, 허룽和龍 일대가 바로 우리 한민족이 뿌리내린 조선족 자치주 옌벤延邊이다.

일본은 1910년 한일합방이 이루어지자 마침내 한반도를 중국 대륙 침략의 발판으로 삼기 위해 역사상 유례없는 가혹한 식민통치를 강행하기 시작한다. 때문에 우리 한민족은 식민지 조선에 대한 일본의 수탈정책으로 대물린 문전옥답까지 잃고 살길이 막막해지자 귀소본능이랄까, 남부여대하고 무작정 두만강을 건너 간도間島와 북만주, 동만주로 고토古土를 찾아 망명길에 오른다. 이른바 한민족의 비극적인 디아스포라Diaspora가 시작된 것이었다.

간교한 조선총독부는 일 · 중 전쟁을 목전에 두고 대대적인 조선인 강제 이주 정책에 나섰다. 하여 식민지 수탈정책의 앞잡이인 동양척식과 만선滿鮮(만주와 조선)척식을 내세워 5만여 명의 조선인들을 만주로 강제 이주시켰다. 전시 소모품으로 활용할 인력 확보가 목적이었다. 그들 중에는 장마철 대홍수로 집과 농토를 잃어버린 영호남 수재민들도 상당수 포함되었다.

일부 이주민들은 다롄大連항을 거쳐 잉커우營口에 터를 잡았다. 일본의 조선인 이주 정책은 전면적인 중국 대륙 침략을 앞두고 노동력과 물자 조달을 위한 사전 포석이기도 했다. 그 당시 강제 이주된 조선인들을 현지 전투병으로 징집하거나 보급물자를 나르는 지게부대로 활용할 수 있었기 때문이다. 이들의 후예가 작금의 중국 동북 3성에 뿌리내린 소수민족 조선족이다.

그 당시 국권을 상실하고 만주에 정착한 조선인 유민流民들은 특히 항일정신이 강했다. 타고난 근면성으로 드넓은 동북평원의 척박한 땅을 갈아 옥토를 일구며 안전농장을 개간하는 등 새로운 삶을 개척하는 정신력도 토박이 여진족 못지않았다. 그러다가 입에 풀칠이나마 할 수 있게 되자 조선 독립을 위한 항일운동이 움트기 시작한다.

그래서 만주는 나라 잃은 조선인들에게 기회의 땅이라고 했다. 조선인이 한 네댓 명만 모여도 독립운동을 모의했고 최소 기십 명에서 최대 기천 명에 이르는 항일독립운동단체가 우후죽순처럼 생겨났다. 대표적인 단체가 닝안에 밀영을 둔 김좌진 · 지청천 · 이범석 장군의 조선독립군이었다. 이를 계기로 드넓은 만주 벌판 곳곳에서 항일 무장투쟁이 요원의 불길처럼 티올랐다. 일제강점기 만주가 우리나라 독립운동의 요람지가 된 연유다.

그 당시 만주에서는 10대 후반부터 20대 초반의 조선인 청년이라면 누구나 마음속에서 우리나는 피압박 민족의 울분에서 벗어나지 못해 '항일'을 외쳤다. 어쩌면 만주 바닥에 울리는 일본인들의 게다짝 소리에 반일 감정이 싹텄다고 해도 과언이 아닐 것이다.

그 무렵 우리 조선 유민들의 반일 감정은 누구나 한결같았고 군소 항일독립운동단체가 부지기수로 난립했다. 공산주의자들이 주축이 된 이른바 빨치산 단체들은 관동군 겐페이(헌병憲兵) 주재소를 습격하거나 토벌대와의 전투에서 여러 차례 승리한 것으로 알려지고 있었다. 하지만 그것은 주로 일본인 거류민들을 상대로 살인과 약탈을 일삼다 신고를 받고 출동한 일본군 헌병이나 경찰과 맞닥뜨려 싸운 전투경력에 불과했다. 순수한 항일투쟁이라기보다 비적匪賊행위라는 비난의 대상이었다. 대표적인 단체가 북한 김일성(본명 김성주)이 조직한 빨치산부대 항일인민유격대다.

그 당시 중국 본토는 말할 것도 없지만 동북 3성에서도 노동자 · 농민을 착취하고 탄압해온 장제스의 국민당 정부에 민심이 떠나 있었다. 예부터 민심이 천심天心이라고 했다. 마오쩌둥은 이 같은 민심의 흐름을 읽고 중국 마피아 삼합회를 동북 3성 주요 도시에 침투시켜 관동군을 상대로 교란작전을 펴고 있었다. 민란을 일으켜 만주국 정부를 전복시키고 이른바 '인민민주통일전선'을 구축하는 데 목적을 두고 있었다.

하여 마오쩌둥은 공산 정권 지배지역에 대한 대대적인 토지개혁으로 인민들의 정착을 도모하면서 정치 · 군사적 기반을 조성해 나갔다. '물이 없으면 물고기가 살 수 없다'는 유명한 마오의 '수어이론水魚理論'이 여기서 태동한 것이다. 인민의 호응을 얻지 못하면 공산주의가 존재할 수 없다는 이론이기도 했다. 민심을 얻는 것이 천군만마를 얻는 것보다 더 절실하다고 판단한 것이다.

그 무렵 두만강 상류 지린성의 안투현安圖縣 량장진兩江津 푸쑹撫松에는 중국인과 조선인 공산주의자들로 조직된 항일 빨치산부대가 있었다. 겉으로 드러난 명칭은 그럴싸하게 '동북항일인민유격대'로 포장했지만 실제론 조 · 중 독립운동과는 전혀 관련이 없는 중국 마피아 삼합회가 이끄는 범죄 단체였다. 조직도 1개 중대(120 명)에 규모에 불과했다. 그러나 그들이 관동군과 만주지역에 미치는 영향력과 폐해는 막심했다. 거대한 범죄 집단이기 때문이다.

그들은 상하이에 본부를 둔 삼합회의 지령에 따라 밀수 · 마약밀매 · 인신매매 · 매춘 · 약탈 등 다양한 범죄를 자행해 왔다. 상하이 삼합회는 일찍이 공산당과 손잡고 4 · 12 사건을 주도해 국민당 정부를 궁지에 몰아넣을 만큼 마오의 절대적인 신임을 받고 있었다. 때문에 그동안 만주지역 치안 확보를 위해 관동군 토벌대와 켄페이(헌병대)가 삼합회 소탕전에 나서기도 했으나 별다른 성과를 거두지 못했다.

게다가 일 · 중 전쟁이 터지고 관동군 주력부대에 대한 대륙 이동 명령이 떨어지자 무엇보다 만주지역에 대한 치안공백 상태가 현안으로 떠오르지 않을 수 없었다. 일본 군부가 관동군 주력을 중국 본토로 빼돌리는 것은 지지부진한 일 · 중 전쟁을 조기 종식시키고 또 다른 전쟁(태평양 전쟁)을 준비하기 위한 책략이었다. 때문에 만주국의 전반적인 치안 확보 대책이 시급했던 것이다. 그중에서도 야쿠자를 동원해 삼합회를 소탕하는 전략, 즉 '이에는 이, 눈에는 눈'이라 했다. 지하에 숨어서 활동하는 삼합회에 대적할 세력은 야쿠자밖에 없다는 것이 일본 군부의 최종적인 판단이었다.

박용주는 차마 사제 간의 신의를 저버릴 수 없어 다이묘의 명을 받아들이긴 했지만, 솔직히 선뜻 마음이 내키지 않았다. 삼합회가 대놓고 '삼합회'라는 머리띠를 두르고 다니는 것도 아니고 우리 동포가 많이 살고 있는 만주지역에서 은밀하게 활동하는 범죄꾼들인데 자칫하다가 애먼 동포들을 다치게 할 우려도 없지 않았기 때문이다. 그동안 야쿠자와 숱한 난투극을 벌여왔지만, 야쿠자는 정체가 드러난 집단이었다.

그러나 만주에 준동하는 삼합회는 중국 최대의 마피아라는 소문만 무성할 뿐 실체가 없었다. 하나같이 얼굴을 숨기고 항일독립운동단체로 위장하고 있기 때문이다. 게다가 저들은 독립운동과는 거리가 먼 장사꾼으로 행세하고 있어 실체를 파악하기도 어려웠다. 유흥가를 중심으로 암약하다가 결정적인 순간에 칼부림으로 보복하고 바람처럼 사라지기 일쑤라고도 했다. 만주에서 바야흐로 보이지 않는 전쟁이 시작될 조짐이었다.

그런 점에서 용주의 고민은 이만저만이 아니었다. 자칫 교활하기로 유명한 삼합회의 함정에 빠져 꼬붕들의 목숨까지 바쳐야 할지도 몰랐다. 어쨌든 다이묘는 발 빠르게 움직였다. 혼마치에선 산하 12개 구미별로 칼 잘 쓰는 쥬도(유도), 가라테(태권도) 등 무술 유단자 10명씩 선발해 전체 120명 규모의 독고다이구미를 재편성했다. 관동군 특무대가 이미 파악해둔 삼합회의 조직 규모와 비슷했다.

용주는 출정하기 직전 오야마 다이묘와 독대했다. 교자상에 간단히 차려진 마사무네(청주)를 출정주로 한 잔 마셨다. 잠시 침묵이 흐른 뒤 다이묘가 무겁게 말문을 열었다.

"용사마 군! 자네 심정을 충분히 이해하네만 조직을 위해 중책을 맡아 주시게나. 솔직한 내 심정은 자넬 보내고 싶지 않아. 왜냐하면

자넨 내 자식 같은 사람이기 때문이야. 그러나 전쟁에 투입되는 게 아니라 우리의 라이벌인 삼합회를 소탕하는 일이니 한 번 경험해보는 것도 좋을 것 같아. 이번 임무를 마치고 돌아오면 다시는 자네를 위험에 빠트리지 않겠네."

"하이, 염려 마십시오. 스승님의 명을 겸허히 받들어 임무를 수행하고 무사히 돌아오겠습니다."

용주는 그렇게 화답하고 작별의 예를 갖췄지만 마음은 무거웠다.

독고다이구미는 출정식도 없이 욱일승천기가 나부끼는 해군 수송함을 타고 극비에 도쿄항을 떠났다. 각각 국민복에 도리우치(납작모자)를 눌러쓰고 륙샤쿠(육각형의 배낭)를 메고 무장이라곤 닛폰도 두 자루와 단도 한 자루뿐이었다. 그러나 용주는 아예 닛폰도를 차지 않았다. 야쿠자의 주무기인 닛폰도를 손에 잡지 않겠다는 것은 오야마 의숙에 입문할 때부터 다짐한 그의 신념이기도 했다.

그 이튿날 함경북도 청진항에 내려 열차로 갈아타고 조 · 만 국경을 넘어 꼬박 이틀에 걸친 여정 끝에 조선족 자치주 옌벤延邊의 중심도시 룽징龍井에 도착했다. 관동군 특무대 사령부가 주둔해 있는 안전지대라고 했다.

용주가 인솔하는 독고다이구미는 모두 관동군 특무대 사령부에 배속되었다. 지휘관은 사복 차림의 고바야시 신타로 육군 중좌(중령). 그는 그냥 '고바야시 상'으로 불러달라고 했다. 신분을 숨기기 위한 위장술이었다. 특무대에 배속된 즉시 호신용으로 손바닥만한 욱혈포六穴砲 한 자루씩 공급받았다. 탄알을 재는 구멍이 여섯 개나 있는 독일제 모젤형 권총이다. 겐페이(헌병대)나 고등계가 주로 착용하는 총기류라고 했다.

관동군 특무대는 원래 군사기밀을 유지하기 위해 사복 근무가 원칙인데, 계급과 직책에 따른 엄격한 상하관계도 성이나 이름 또는 별칭으로 대신했다. 용주는 도쿄에서처럼 '용사마'로 통했다. 그는 이곳에 도착한 지 사흘 만에 뜻밖에도 겐페이(헌병대)가 치안유지법 위반 혐의로 특무대에 이첩한 조선인 협객 시라소니를 만나게 된다. 겐페이의 불심검문에 걸려들었다는 거였다.

9. 용사마와 시라소니

9
용사마와 시라소니

시라소니는 관동군 수사기관에 중국 마피아 삼합회의 일원으로 알려져 있었다. 그래서 진즉에 치안유지법 위반 혐의로 수배 대상에 올랐다고 했다. 본명은 이성순李聖淳(1916~1983). 용사마 박용주보다 한 살 아래다. 그러나 관동군 특무대가 애초부터 잘못 짚었다. 조사 결과 그는 다만 삼합회와 밀무역을 하다가 돈까지 떼이고 등을 돌린 지 이미 오래된 것으로 밝혀졌다. 특무대의 첩보가 완전히 빗나간 것이다.

그래서 그는 고문틀에 묶이지 않고 무사히 풀려나게 된다. 일부 수사관들은 그를 '조선에서 건너온 건달'이라며 밀무역으로 엮으려 했지만, 그 뒷배엔 용사마가 있었다. 용사마와 시라소니! 둘은 초면이었지만 동시대의 협객으로 널리 알려져 있었다. 하지만 일제강점기 용사마는 국내에서 '박용주'라는 이름으로도 거의 알려지지 않았다.

시라소니는 10대 청소년 시절부터 고향인 평안북도 신의주 일대에서 타고난 싸움꾼으로 꽤나 유명해진 인물이라고 했다. 평안도 일대에서 이성순이란 이름을 아는 사람은 드물었지만, 그의 별명 시라소니는 모르는 사람이 없을 정도였다. 시라소니란 민첩성과 용맹성을 겸비한 고양이과 동물 '스라소니'의 평안도 사투리. 어리석고 주변머리 없는 사람을 얕잡아 보는 말이기도 하다. 어쩌면 용사마 박용주와 닮은 데가 많았다. 그런 자가 난데없이 룽징 시가지에 나타났다가 치안유지법 위반 혐의로 걸려든 것이다.

밀무역꾼 시라소니가 취급해온 품목은 개성 인삼. 중국 본토와 만주 일대에선 '불로초不老草'라는 보약으로 고가에 팔렸다. 그러나 개성 인삼은 조선총독부에 의해 반출이 금지된 전매특허품이었다. 이를 밀반출해 팔다가 적발되면 벌금을 물게 돼 있다. 그런데도 돈이 궁한 시라소니는 1930년대 중반부터 보따리장수로 변신해 개성 인삼을 떼다 조 · 만(조선과 만주) 국경을 넘나들며 밀무역을 해왔다는 거였다.

관동군 특무대가 그를 삼합회 멤버로 착각한 것도 과거 삼합회와 인삼 거래를 한 경력 때문인지도 모른다. 하지만 조사 결과 인삼

밀무역 외에 별다른 혐의점이 드러나지 않았다. 조사 과정을 흥미롭게 지켜보던 용사마는 은근히 말로만 듣던 시라소니의 실력을 한 번 시험하고 싶은 충동을 느꼈다. 그래서 그는 특무대장 고바야시 중좌에게 방면해줄 것을 요청했고, 쾌히 승낙을 받았던 것이다. 그러고는 무혐의로 풀려난 시라소니를 뒤따라가 특무대 앞 광장에서 불러 세웠다.

"어이, 시라소니!"

양어깨를 건들거리며 천천히 발걸음을 옮겨 놓던 시라소니가 돌아서며 불쾌한 듯이 얼굴을 찌푸렸다.

"또 뭐이가?"

"뭐이가가 아이라 학교(감방) 안 가고 풀려났으믄 고맙다는 인사라도 하고 가야 안 되나?"

박용주가 은근히 골을 지르며 시라소니 앞으로 다가갔다.

"쌰, 뭐이 어드레(뭘 어떡해)?"

시라소니가 버릇처럼 좌우로 고개를 돌리며 콧방귀부터 뀌고 비웃음을 흘렸다. 용주도 건들거리며 특유의 경상도 사투리로 맞받았다.

"일마(인마) 이거, 가마이 보이께 참, 버릇없는 놈이네. 학교 안 가고 풀려났으믄 고맙다는 인사라도 하고 가야 할 거 아이가?"

"흥, 내레 살다 보니끼니 별 희한한 인간을 다 보갔구만 기래."

"야, 이 자슥 봐라, 니, 방금 뭐라 캤노? 내 보고 희한한 인간이라 캤나? 이런 싸가지 없는 놈이 주디(주둥이)를 아무 데나 놀리나? 요걸 콱…."

용주가 시라소니에게 다가서며 한 대 칠 듯이 주먹을 치켜들자 아니나 다를까, 바로 그 순간 '휙' 하고 바람소리처럼 몸을 날린 시라소니의 발차기가 용주의 턱밑에 꽂혔다. 용주가 맥없이 뒤로 벌렁 나동그라지자 시라소니가 비웃듯이 한마디 내뱉었다.

"원, 거지발싸개 같은 새끼레, 내레 누군지 알간? 내레 씨라쏘니야!"

그러나 시라소니가 돌아서려는 순간 용주의 양발차기가 보복이라도 하듯 그의 턱을 강타했다. 그렇게 맞붙은 둘의 결투는 마치 날갯짓으로 날아다니며 바람을 일으키는 닭싸움처럼 20여 분을 끌었다. 서로 실력이 엇비슷했다. 주먹치기는 용주가 한 수 위였으나 발차기는 시라소니가 한발 앞섰다. 게다가 시라소니는 맷집도 좋아 용주의 돌주먹을 한 방 맞고 쓰러졌다가도 금방 일어나 날쌘 발차기로 반격했다.

그러기를 또 20여 분. 둘이 난투극을 벌이는 특무대 앞 광장에는 어느새 특무대원들이 우루루 몰려나와 신나게 한판 승부를 구경했다. 그중에는 고바야시 중좌의 얼굴도 보였다. 후닥닥, 허공을 날고 치고 박고 쓰러지기를 반복하다가 마침내 시라소니가 용주의 구루시마(목조르기)에 걸려들고 말았다. 용주가 먼저 시라소니의 발차기에 걸려 비틀거리다가 순간적으로 몸을 돌려 돌주먹으로 역습을 가했다.

다시 발차기를 시도하는 시라소니의 가슴을 치면서 유도 기법으로 양팔을 걸어 목을 감았다. 그러고는 팔에 불끈 힘을 주자 숨이 막힌 시라소니가 마침내 항복하고 말았다. 약 한 시간여에 걸친 둘의 결투는 그렇게 끝났다. 시라소니가 가쁜 숨을 몰아쉬며 땅바닥에 털썩 주저앉았기 때문이다.

"내, 내레 졌시다. 승복하갔수다."

역시 용사마 박용주가 시라소니 이성순보다 한 수 위였다.

"자, 일어나자. 시라소니! 야, 니 참, 대단한 놈이다."

한때 귀신처럼 나타나 일본 열도를 떠들썩하게 했던 도쿄 다츠 박용주도 말로만 듣던 시라소니의 실력에 혀를 내둘렀다.

그는 비로소 웃음을 띠며 시라소니를 일으켜 세웠다. 주위를 둘러쌌던 특무대원들과 독고다이구미 야쿠자들도 일제히 아낌없는 박수를 보냈다. 모처럼 두 협객의 사나이다운 맨몸 결투를 신나게 관람한 것이다.

용사마와 시라소니! 둘의 결투는 한마디로 용호상박龍虎相搏이었다. 천부적인 기량은 창조주의 선물이라 해도 과언이 아니었다. 마치 용과 호랑이가 맞붙어 싸우던 둘은 터놓고 지낼 만큼 금방 가까워졌다. 동포애가 이런 것인가, 아니면 협객의 생리본능인가? 둘은 다정하게 어깨동무를 하고 땅거미가 지는 룽징 시가지를 천천히 걸어가고 있었다.

전쟁 중이라지만 휘황찬란한 밤거리 풍경은 별천지 같았다. 둘이 찾아간 곳은 도심에 위치한 쑹화판텐松花飯店. 일종의 호텔을 겸한 식당이다. 룽징 지리에 밝은 시라소니가 안내했다. 그가 룽징에 올 때마다 묵는 곳이라고 했다. 둘은 식당을 겸하고 있는 판텐 로비의 구석진 테이블을 찾아가 자리를 잡고 앉았다. 먼저 용주가 시라소니를 마주 보며 운을 뗐다.

"땀을 뺐으이께 한잔 해야 안 되겠나. 하하."

"아, 고럼(그럼) 한잔 해야디. 내레, 목이 타는구만 기래."

"내(나)는 청(중국)요리를 잘 모르는데 자네가 시키게."

"기럴까, 내레, 싸구려밖에 몰라야."

시라소니가 주문한 음식은 평소 좋아하던 동파육과 바이주白酒(배갈), 동파육은 북송의 시성詩聖 소동파蘇東坡가 생전에 즐기던 돼지고기 일품요리라 하여 붙여진 메뉴. 그 당시 독한 바이주 안주론 최상의 요리라고 했다.

동파육과 바이주가 한 상 차려지자 둘은 서로 권커니 받거니 하며 술을 마시고 회포를 풀었다. 주변 테이블에도 손님들이 삼삼오오 둘러앉아 마시고 즐기느라 왁자했다.

주로 국내 협객들에 대한 동향이며 특히 서울 종로 바닥을 휘젓고 다니는 긴또깐(김두한)이 조선에 진출한 야쿠자 패거리들을 상대로 육탄전을 벌이며 제압하는 무용담을 듣고 용주는 긴또깐을 한번 만나보고 싶어했다. 그 얘기가 와전되어 한때 서울 한강 백사장 결투설이 나돌았지만 용주에겐 그럴 만한 시간의 여유가 없었다.

둘이 기분좋게 바이주를 몇 순배 돌리던 중 판텐에 들어선 짱꼴라(중국인의 비칭) 복장 차림의 패거리가 거들먹거리며 다가왔다. 패거리는 모두 다섯 명. 그중 한 명이 앞장서 낯이 익은 듯한 시라소니에게 다짜고짜 시비를 걸었다.

"어이. 까오리 펑쯔高麗棒子(고려 상놈)!"

"이것들 뭐꼬?"

중국어를 모르는 용주가 의아한 표정으로 시라소니에게 눈길을 보냈다.

"밥맛 떨어지는 삼합회 나부랭이구만 기래."

시라소니가 한 판 붙을 요량으로 자세를 가다듬으며 놈들을 쏘아봤다. 순간적으로 위기 돌파력이 강한 둘은 이미 동물적인 본능으로 결투 자세를 갖추기 시작했다.

"까오리 펑쯔! 여기가 어디라고 건방지게 술판을 벌이고 있나. 당장 나가지 못할까?"

재만在滿 조선족을 혐오하는 극도의 막말. 심지어 관동군에 빌붙어 사는 까오리 쇼툴라高麗小偷子(고려 도둑놈)라는 욕설까지 내뱉었다.

순간 시라소니가 의자에 앉은 채로 발차기를 날려 맨 앞에 있던 놈을 한 방에 쓰러뜨렸다. 이를 신호로 맞은 편에 앉아 있던 용주가 벌떡 몸을 일으키며 양발 차기로 두 놈을 한꺼번에 쓰러뜨리는 것과 동시에 돌주먹을 날려 큰 대짜로 때려눕혔다. 눈 깜짝할 사이에 일어난 돌발사태. 나머지 두 놈이 품에 숨겨둔 삼합회 전용 필살도必殺刀를 꺼내 달려들었으나 역시 용주와 시라소니의 기습적인 발차기와 돌주먹에 한 놈씩 단숨에 나동그라지고 말았다.

그래도 둘은 화가 안 풀려 널브러져 있는 놈들을 하나씩 업어치기로 들어다 테이블 바닥에 패대기치는 바람에 테이블과 의자가 박살 나기도 했다. 난투극이 벌어지자 손님들은 피신하기 바빴고 용주의 전화 신고를 받고 달려온 특무대가 놈들을 모조리 연행해 갔다. 용주와 시라소니가 우연히 거둔 삼합회 소탕전의 첫 성과였다.

용주는 음식값을 계산하고 판텐을 나오면서 난투극 와중에 부서진 테이블이며 의자 등 기물 파손에 대한 보상비도 모두 물어줬다. 둘은 룽징 역전의 다치노미(선술집)에서 입가심으로 아사히 삐루(맥주) 한 병씩 마시고 역 플랫폼으로 나왔다. 용주는 시라소니와 함께 하룻밤 묵고 싶었지만 시라소니가 굳이 그날 밤중으로 조 · 만 국경을 넘어 신의주까지 가야 한다고 고집을 부리는 바람에 역까지 전송한 거였다.

이미 찻길이 끊겼지만 시라소니는 아예 그런 걱정을 하지 않았다. 여객열차는 끊겼지만 전쟁물자를 실어나르는 화물열차는 하루 24시간 내내 쉼 없이 상 · 하행선을 달리고 있었다. 플랫폼에서 화물열차를 기다리는 동안 용주는 갑자기 뭔가 긴요한 생각이 떠올라 품속 안쪽 호주머니에서 다발돈을 꺼내 시라소니의 바지 호주머니에 푹, 찔러넣었다. 그는 그 무렵에도 뭉칫돈이 풍족했다. 1천 엔. 10엔짜리 지폐 100장 묶음이다. 작금의 화폐가치로 치면 1천만 원은 족히 되고 남을 돈이다.

"아니, 이거이 뭐이가?"

"돈 필요할 때 써라. 우리 언제 또 만날지 모른다 아이가."

"아, 인연이 있으문 또 만나갔디 뭐. 어카든(어쨌든) 성(형)! 고마워. 내레, 성한테 실컷 얻어맞구설라무네 치료비 받은 기분이구만 기래. 하하."

마침 남행하는 화물열차가 정차도 않고 그대로 플랫폼을 통과했다. 시라소니가 이때를 놓칠세라 날다람쥐처럼 달리는 화물열차에 뛰어오르는가 했더니 어느새 열차 지붕 위에서 양손을 흔들었다. 둘은 그렇게 기약 없이 헤어졌다. 그야말로 만나자 이별이었다.

10. 도쿄 다이쿠슈(대공습)

10

도쿄 다이쿠슈(대공습)

박용주가 이끄는 관동군 특무대 독고다이구미는 만주에서 삼합회를 소탕하고 이어 대륙으로 진출했다. 베이징과 텐진, 상하이에 이르기까지 원정소탕전에서 삼합회의 씨를 말리다시피 했다. 만주와 중국 본토에서 꼬박 2년을 보내고 돌아온 시점은 1939년 10월 하순. 이른바 도쿄 다츠가 도쿄의 영웅으로 조용히 귀환한 것이다. 함께 떠났던 독고다이구미 꼬붕들도 무사히 돌아왔으나 그중 20여 명은 만주에 남았다. 그동안의 특수임무가 끝났지만, 그들은 관동군 특무대 선무공작원을 자원해 황군 신분이 되었다. 만주 벌판에 사무라이 정신을 뿌리내리겠다는 거였다.

그러나 내지內地(일본 국내)의 사정은 그리 녹록지 않았다. 전시 징병제가 전면적으로 실시되면서 사회 분위기가 뒤숭숭하고 불안감에 휩싸여 있었다. 도쿄 한복판 지요타구千代田區에 있는 야스쿠니 신사靖國神社에선 이른 아침부터 일장기가 새겨진 머리띠와 어깨띠를 두른 청년들이 줄지어 출정식을 치렀다. 그중 10대 청소년들도 눈에 띄었다. 소년병 지원자들이라고 했다.

야스쿠니 신사는 1860년대 메이지明治 유신 무렵 희생된 사람들의 넋을 기리기 위해 만들어졌다고 한다. '야스쿠니靖國'란 나라를 평안하게 한다는 뜻이다. 그러나 일 · 중 전쟁의 소용돌이에 휩쓸린 군부는 본래의 뜻과는 달리 야스쿠니 신사를 국가주의와 군국주의 정신을 결집하는 신성한 장소로 삼아오고 있다.

1905년 일 · 러 전쟁 이후 야마토 타마시大和魂의 정신을 슬로건으로 내걸고 군국주의화된 일본이 만주 사변과 일 · 중 전쟁을 잇달아 일으키면서 수많은 전사자들의 유해를 야스쿠니 신사에 봉안해 왔다. 그래서일까, 전쟁터로 나가는 모든 군인 · 군속은 '나라를 위해 싸우다 유명을 달리하면 호국의 신이 되어 야스쿠니로 돌아온다'는 신념에 따라 일장기日章旗와 욱일승천기旭日昇天旗를 휘날리며 출정식을 갖는다.

'사쿠라노 히카리(벗꽃은 다시 피어난다)'라는 국가주의적 염원 때문이다. 하여 도쿄 시민들은 해외의 전쟁터에서 승전 소식이 전해질 때마다 야스쿠니 신사로 몰려와 승전에 감사하는 참배의식을 치러왔다. 특히 이른 봄 사쿠라꽃이 만발할 무렵 호국영령을 기리는 춘계대제春季大祭에는 참배객들이 구름처럼 몰려들었다. 거국적인 현충제례다.

일 · 중 전쟁 3년째인 1940년 춘계대제엔 이른 아침부터 을씨년스럽게 가랑비가 추적추적 내리고 도쿄만灣의 습기찬 바람까지 불어와 만개한 사쿠라꽃이 낙엽처럼 떨어졌다. 그럼에도 불구하고 야스쿠니 신사를 찾은 참배객들은 하나같이 군신軍神을 향해 두 번 절하고 두 번 손뼉 친 다음 다시 한번 절하는 이른바 '2배례拜禮 2박수拍手 1배례拜禮'의 참배의식에 동참했다.

이날 대제엔 오야마 다이묘가 만주와 중국 대륙에서 특수임무를 마치고 귀환한 용사마 박용주와 독고다이구미를 거느리고 참석해 군신 앞에서 그동안의 전과戰果를 보고했다. 황국신민서사皇國臣民誓詞에 따라 반드시 의무적으로 행하는 참배의식이었다. 그러나 용주는 솔직히 이번에도 만주 출정식 때처럼 선뜻 마음이 내키지 않았다. '조선인이 왜 야스쿠니 신사를 참배해야 하나?' 당장 거부감을 느꼈기 때문이다.

하지만 야스쿠니 참배의식을 거부할 명분이 없었다. 이미 황군의 일원으로 특수임무를 수행하고 돌아온 데다 조선은 나이센 잇타이內鮮一體(일본과 조선은 하나)가 아닌가. 그는 그때까지만 해도 일본 군부가 또 다른 전쟁을 준비 중인 사실을 전혀 예측하지 못하고 있었다.

1941년 12월 7일. 대일본제국 연합함대가 자그마치 360대의 제로센零戰 함재기를 날려 보내 하와이 진주만眞珠灣의 미 태평양함대를 기습공격한다. 일본이 선전포고도 없이 진주만을 기습공격한 것은 일·중 전쟁을 일으킨 지 4년 만이었다. 이른바 태평양 전쟁! 일본이 세계 최대강국인 미국을 상대로 전쟁을 일으킨 것은 바로 한 해 전인 1940년 나치 독일, 이탈리아와 3국 군사동맹을 맺은 데 대한 미국의 경제 보복 때문이었다.

미국은 즉각 자국 내 일본 자산을 동결시키고 석유를 비롯한 전쟁물자의 대일 수출을 금지시켰다. 그러자 일본은 이에 따른 보복으로 동남아 국가와 남태평양 도서국을 장악하는 데 걸림돌이 되고 있는 미 태평양함대에 선제공격을 가한 것이다. 작은 섬나라에서 간 크게 러시아와 싸워 이기고 여세를 몰아 중국 대륙을 침략하고 이제 세계 최대 강국인 미합중국에 도전해 태평양 전쟁의 서곡을 울린 것이다. 실로 전 세계를 경악케 하고도 남을 국가주의와 군국주의의 간교한 전략 전술이었다.

그러나 잠자는 사자를 잘못 건드렸다. 지난 4년간에 걸친 일·중 전쟁에서 막대한 인적, 물적 자원을 쏟아붓고도 모자라 또다시 태평양 전쟁을 일으키다니 가히 혀를 내두르고도 남았다. 그 무렵 일본 군부는 남만주에 주둔하고 있던 관동군과 일·중 전쟁 주력인 북지나 파견군 100만 병력을 재편성해 말레이시아·태국·베트남·인도네시아 등 동남아 점령지인 이른바 남방전선南方前線으로 파병하는 대이동작전을 전개했다.

일·중 전쟁을 전후해서 최대 5개 군단 30개 사단으로 구성되었던 북지나 파견군은 50만 병력을 재편성해 거의 절반에 가까운 20여만 명을 남방전선에 투입했다. 그럼에도 불구하고 또 엄청난 규모의 대전을 치르다니 광기의 극치가 아닐 수 없었다. 히로히토裕仁 덴노天皇(재위 1926~1989)를 전쟁광으로 비난하는 시중 여론이 들끓었으나 대다수 신민臣民(국민)들은 순종하는 편이었다.

황국신민 총동원령이 내려지고 10대 청소년부터 2030 청년들에 이르기까지 수많은 젊은이들이 야스쿠니 신사에서 출정식을 갖고 전쟁터로 떠났다. 어둠의 자식들, 야쿠자계에도 징집 바람이 불어왔다. 젊은 꼬붕들이 대부분 징집영장을 받았다. 그러나 박용주는 불행 중 다행히도 징집 대상에서 빠졌다. 그의 호적상 주소지가 조선이기 때문이다.

물론 조선에도 총독부의 전시동원령이 내려져 있었다. 혹여 그의 고향인 경북 경산으로 징집영장이 날아갔는지도 몰랐다. 어쨌든 그는 도쿄에서 무국적자 신분이었다. 주변에선 야쿠자 동료들이 황색 제복으로 갈아입고 출정한다고 난리법석을 떨었다. 야쿠자계 전체 조직이 흔들리고 있었다. 갑자기 할 일이 없어진 용주는 그런 동료들 보기가 민망해 황군 제복 대신 유도복으로 갈아입고 강도관에서 지냈다.

그는 강도관 도장에서 대련자를 물색하던 중 우연히 덩치가 우람한 조선인 유학생을 만났다. 메이지대 법대 2년생이라고 했다. 신도환辛道煥(1922~2004). 용주보다 일곱 살이나 아래였다. 별명이 신띠이! 어릴 때부터 힘이 장사라 하여 '신동神童'이라 불렀다. 그러나 경상도 특유의 사투리 발음으로 '신띠이'가 된 것이다. 조선에서도 '신도환'이라는 본명보다 '신띠이'로 더 잘 알려져 있다고 했다. 하지만 가다(어깨)는 아니었다.

유도 명문 대구 계성학교 출신으로 강도관에서 조선인 유학생으론 보기 드물게 승단 4단의 기록을 세웠다. 용주가 만주로 떠날 즈

음에 유학해 온 것이다. 그래서 둘은 뒤늦게 만나 통성명을 하고 강도관에서 대련으로 몸을 풀었다. 맞붙어 보니 신띠이는 여간내기가 아니었다. 체력도 체력이지만 기량이나 실력 면에서 용주보다 월등히 앞서 있었다.

그래서일까, 그는 이듬해(1942년) 춘계 천람에서 조선인 최초로 승단 5단의 영광을 안았다. 그런 그를 용주는 시합 때마다 찾아가 격려했지만, 심판부는 언제나 그를 끝판에 등판시켰다. 고단수인데도 일본인 감독이 후보선수로 홀대한 탓이었다. 일종의 인종차별!

신띠이가 그런 인종차별의 역경을 딛고 가히 강도관 천람 5단의 영광을 차지하다니 용주는 참으로 대견하다고 생각했다. 그동안의 공백기도 있었지만 그는 아직도 4단에 머물러 있었다. 휴학하고 만주 일대와 중국 대륙을 누볐던 관동군 특무대 생활이 강도관의 공백기가 되었기 때문이다.

그나저나 옷깃만 스쳐도 인연이라고 했다. 그는 머나먼 타향에서 고향 후배 신띠이를 만나고 보니 자연 정이 들어 친동생처럼 아꼈다. 그 당시 조센진이라면 누구나 '후테이센진(천한 조선인)'이라는 놀림을 받고 자존심이 상해 마음고생도 심했다. 신띠이 역시 그랬다. 도쿄에서 홀로 유학생활을 하며 멸시를 많이 받았다고 했다. 그런 그가 잔뜩 외롭던 차에 용주를 만나 함께 대련도 하고 친형처럼 따랐다. 하여 일본말로 아네키(형)라는 호칭이 입에 발려 있었다.

용주는 그의 싸구려 하숙방에도 찾아가 봤다. 궁핍하기가 말이 아니었다. 우선 그를 데리고 산가쿠마치 하야시 노포로 가 스키야키를 배불리 먹였다. 뭐니 뭐니 해도 운동선수에겐 영양 보충이 최고였다. 신띠이를 만날 때마다 '배고플 때 맛있는 걸 사 먹으라'고 용돈도 넉넉하게 쥐어주었다. 그는 땀 흘려 돈 한 푼 벌어본 적이 없지만 그럴 만한 여유가 있었다. 오야마 다이묘에게 시도 때도 없이 뭉칫돈을 얻어쓰기 때문이다. 그는 오야마와 사제 간의 인연을 맺은 이후 돈 아까운 줄 모르고 펑펑 쓰고 다녔다.

그래서 고향 후배 신띠이의 하숙방부터 자신의 숙소인 오야마 의숙으로 옮길 요량이었다. 하지만 둘의 우정은 그리 오래가지 못했다. 조선총독부가 신띠이의 고향집으로 학병 소집영장을 보냈기 때문이다. 1943년 2월 메이지대 법대를 졸업하고 도쿄 경시청의 유도 사범으로 취업 지원서를 낸 시점이었고 이미 졸업한 상태였다. 그런데 학병 소집이라니 신띠이는 기가 막혔다.

그러나 지엄한 덴노(천황)의 칙령은 졸업을 했든 안 했든 병역의무가 최우선이었다. 덴노는 일 · 중 전쟁보다 태평양 전쟁을 훨씬 심각한 상황으로 보고 있었다. 그만큼 전쟁 양상이 치열했고 황군의 패색이 짙어갔기 때문이다. 동남아 곳곳의 전선이 무너지고 자칫 일본 내지로 확산될 조짐마저 보이고 있었다.

그 당시 조선인 일본 유학생들은 학병으로 끌려가는 경우가 허다했다. 고등계 사찰에 못 견뎌 자진 입대하거나 불심검문에 걸려들기도 했다. 자의든 타의든 불문하고 덴노의 칙령에 따라 야스쿠니 신사에서 출정식을 가졌다. 그러나 신띠이는 '이미 졸업했는데 무슨 학병이냐'는 핑개로 차일피일 입대를 기피했다. 그런 와중에 난데없이 고향 대구에서 '학병 소집영장이 나왔다'는 전보가 날아든 것이다. 일본 현지에서도 입대가 가능하다고 했지만, 그는 부모형제들이 보고 싶어 귀국길에 올랐다.

막상 귀국해 보니 어머니가 '내 자식은 이미 메이지대학을 졸업했다'며 학병 소집영장 수령을 거부했다고 한다. 하지만 영장을 들고 집에 찾아온 고등계 형사들은 '학병이 아니면 일반병으로라도 입대해야 한다'고 닦달했다는 거였다. 그가 도착한 날에도 고등계가 들이닥쳤다. 가족들과 만나 잠시 숨 돌리며 회포를 풀고 있을 때 요란하게 대문을 두드리는 소리가 들려왔다. 그는 고등계임을 직감하고 뒷담을 넘어 달아났다. 가족들과 만나자 이별이었다. 작별인사도 한마디 건네지 못했다.

어둠을 타고 경부선 철길을 한없이 걸었다. 이튿날 새벽녘. 김천역에 도착해 상행선에 정차 중이던 화물열차 짐칸에 숨어들었다. 서울역에 내려 한참 망설이던 끝에 만주로 건너가 무단장에서 도장을 운영하고 있는 유도계 원로 김구봉 선생을 찾아가야겠다는 생각이 들어 북행 열차를 타게 된다. 경의선을 타면 바로 직행할 수 있지만 조 · 만 국경인 신의주에는 일본군 수비대의 경비가 삼엄했다. 그래서 이를 피해 우회하려고 함경북도 청진까지 가는 동해북부선 완행열차 승차권을 끊었다. 종착지 청진에 내려 나진 · 선봉을 거쳐 두만강을 건널 요량이었다.

그 당시 신띠이 나이 21세. 결코 일본군에 끌려가지 않으려는 그의 험난한 여정은 이렇게 시작되었다. 우연의 일치랄까, 무단장은 친형처럼 따르던 박용주가 이미 황군 특무대 요원으로 2년 동안 머물렀던 곳이 아닌가. 평소 용주를 통해 무단장 이야기도 많이 들었던 터였다. 진즉에 만주로 떠날 결심을 했더라면 이런 고생을 하지 않고 차라리 도쿄에서 용주의 도움을 받을 수도 있었을 텐데 후회 막급이었다.

박용주는 신띠이가 사라진 강도관 도장에서 혼자 나뒹굴었다. 더러 일본인 선수들과 대련도 해봤지만 별로 흥이 나지 않았다. 무료함을 달래는 심심풀이 정도에 불과했다. 가끔씩 공습경보가 울리고 심란해 정신을 집중시키기도 힘이 들었다. 그동안 간헐적으로 태평양상의 미 항공모함에서 날아온 함재기 머스탱 전폭기 편대가 황국신민의 정신적 요람인 신사에 소이탄을 퍼붓고 사라지는 공습이 잦았으나 큰 피해는 없었다.

그러나 2차 세계대전이 막바지로 치닫던 1945년 3월 10일은 상황이 확연히 달랐다. 이날 이른 아침. 용주는 강도관에 나가 억지춘향으로 몸을 풀고 나서려는데 아니나 다를까, 먼동이 트는 도쿄만 상공에서 갈까마귀 떼가 이제 막 떠오르는 태양을 등지고 새까맣게 날아오고 있었다. 전에 보지 못했던 광경이었다. 그는 멍한 눈빛으로 갈까마귀 떼를 바라보고 있는데 어디선가 "붕붕"거리는 소음까지 들려 왔다. 처음 은은하게 들리던 소음이 갈까마귀 떼를 따라 점점 크게 울렸다. 그때까지만 해도 그는 아무것도 몰랐다.

그러나 육안으로 보일 때까지 날아온 갈까마귀 떼는 미 해군 함재기 머스탱 편대였고 '붕붕'거리는 소음은 비행 엔진 폭음이었던 것이다. 얼핏 보아 수백 대가 갈까마귀 떼처럼 날아오는 것 같았다.

아니나 다를까, 먼 도쿄만에서 '쿵쿵!' 폭탄 터지는 소리가 쉴새 없이 울려왔고 검붉은 화염이 치솟는 것을 목격한 용주는 비로소 쿠슈(공습)라는 사실을 깨달았다. 이른바 도쿄 다이쿠슈(도쿄 대공습)!

후테이센진 박용주가 현해탄을 건너 도쿄에 정착한 지 10년 만에 겪어보는 끔찍한 현상이었다. 머스탱 전폭기 편대가 자신의 머리 위로 날아가 인근 도심지에 폭탄을 투하하는 것을 보고 소름이 끼치도록 전율했다. 심지어 괌에서 출격한 B-29 폭격기 편대가 도쿄 까마득한 상공에 나타나 대형 폭탄을 비 오듯 쏟아붓고 유유히 사라지는 광경이 눈 앞에 펼쳐지기도 했다. 일본 내지에는 이를 제지할 제로센 전투기 한 대 없었다. 전력이 완전히 바닥났기 때문이다. 그래서 고스란히 당할 수밖에 없었다.

도쿄 시가지는 순식간에 불바다로 변해갔다. 도쿄뿐만 아니라 요코하마 · 니고야 · 오사카 · 후쿠오까 · 고베 · 시즈오카 등 주요 도시가 하루 만에 불바다로 변해 버렸지만 속수무책이었다. 그러나 NR(일본 라디오) 선무방송 아나운서 도쿄 로즈(도쿄의 장미)는 '대일본제국의 위대한 황군이 미군에게 일시 빼앗겼던 사이판을 탈환하고 미 본토 상륙작전을 눈앞에 두고 있다'는 가짜 뉴스로 실의에 빠진 신민들을 선무했다. 물론 코미디 같은 엉터리 승전고였지만 어리석은 신민들은 그렇게 당하고도 도쿄 로즈의 목소리에 귀를 기울이며 전황 소식에 목말라 했다.

실제 전황은 도쿄 로즈의 달콤한 목소리와는 달리 하루가 다르게 불리한 방향으로 내몰리고 있었다. 태평양 전쟁 발발 이후 일본군의 전방지휘소 역할을 했던 사이판이 함락되자 미군은 일본군 전력을 무력화하고 태평양 전쟁을 종식시키기 위해 대대적인 공세를 취해 오고 있었다. 그동안 비교적 안전지대이던 일본 본토가 전란에 휩쓸린 이유다. 미군은 도쿄 다이쿠슈 이후에도 공세의 고삐를 늦추지 않았다. 특히 B-29 편대의 융단폭격은 일본 국민들을 공포의 도가니로 몰아넣고 있었다.

11. 다이묘의 마지막 선택

11

다이묘의 마지막 선택

도쿄 다이쿠슈를 지켜본 박용주는 죽은 듯이 땅바닥에 엎드려 있다가 머스탱 편대가 사라지고 잠시 소강상태로 접어들자 급히 몸을 일으켜 혼마치로 달려갔다. 우선 오야마 다이묘의 신변이 걱정되었기 때문이다. 다이묘의 신변 경호는 자신의 책임이라 해도 과언이 아니었다. 천우신조天佑神助랄까, 하늘이 돕고 신이 돕는다고 했다. 혼마치 인근 곳곳에 화마가 덮쳤으나 오야마 의숙을 비롯한 혼마치는 멀쩡했다.

숨돌릴 틈도 없이 내실로 달려가 보니 다이묘는 마치 돌부처처럼 무아지경으로 빠져들어 좌선坐禪하고 있었다. 그 난리 중에도 역시 오야마답게 조금도 흔들림이 없었다. 발소리를 죽여가며 살며시 다가가 자리를 지키고 앉아 있는데 이윽고 눈을 뜬 다이묘가 헛기침으로 말문을 열었다.

"바깥 사정은 어떤가?"

"하이, 지옥이 따로 없습니다."

"지옥이 아니라 연옥煉獄이겠지."

"하이, 그렇습니다. 도쿄 시가지가 온통 불바다로 변했습니다."

"두고 보게나. 앞으로 더 큰 연옥이 찾아올 것이야. 내 눈에는 그것이 선하게 보인다네. 대일본 제국이 망해가는 징조야."

다이묘는 의미심장한 표정으로 간 한숨을 연거푸 토해냈다.

아니나 다를까, 그로부터 6개월 후 다이묘의 예언대로 엄청난 연옥이 다가왔다. 운명의 날은 1945년 8월 6일 아침. 히로시마 상공에서 원자폭탄이 떨어져 엄청난 불폭풍과 불바람을 일으켰다. 줄잡아 60만 명이 죽거나 화상을 입었다고 했다. 히로시마 시가지는 순식간에 잿더미로 변했다. 전쟁 사상 유례가 없는 가공할 재앙! 사흘 후인 8월 9일엔 나가사키에도 원폭이 떨어졌다. 30만 명이 희생되었다고 했다. 히로시마와 나가사키, 두 도시에서 발생한 원폭 피해자가 무려 100만 명에 달했다.

황거皇居(황실)에서 꿈쩍도 않고 은신 중이던 히로히토 천황이 마침내 백기를 들게 된다. 가공할 원폭에 더 이상 버틸 재간이 없었기 때문이다. 자칫 무모하게 버티다가 애먼 신민들을 다 죽일지도 몰랐다. 3국 동맹 중 나치 독일과 이탈리아는 이미 3개월 전(5월 2일) 무조건 항복하고 일본만 홀로 항전 중이었다. 하여 히로히토는 8월 10일 연합국 측에 항복 메시지를 전달한다. 8월 15일 무조건 항복을 선언하기 닷새 전이었다.

항복 선언 하루 전날엔 NR(일본 라디오) 방송 도쿄 로즈가 덴노 헤이카의 중대방송을 예고했다. 시중에는 이미 중대방송이 '항복 선언'이라는 소문이 파다했다. 그래서일까, 죽창을 들고 하얀 소복 차림으로 거리에 쏟아져 나온 신민들이 '결사 항전'을 외쳤다. 총이 없으면 죽창이라도 들고 끝까지 싸우겠다는 결의였다.

개중에는 과격한 군국주의자들이 군중심리에 편승해 죽창으로 배를 갈라 셋부쿠割腹(할복)를 결행하는 극단적인 행동도 보여 주변 사람들을 큰 충격에 빠뜨렸다. '덴노 헤이카 신민노 마마니!' 천황폐하의 백성답게 명예를 지키겠다는 신념의 자결이라고 했다.

덴노의 항복 선언을 접한 일본 열도는 하루 온종일 뒤숭숭하고 소란스러웠다. 분노를 견디지 못한 고위 관료나 군인 · 군속 등은 물론이고 일반 신민들까지 셋부쿠를 결행하고 유족들의 애끓는 통곡소리가 곳곳에서 울려 퍼졌다. 태평양 전선에서도 끔찍한 집단

셋부쿠와 벼랑에서 몸을 날려 자결하는 황군 장병들이 부지기수라고 했다. 긴자구미 오야붕 히라타가 찾아와 다이묘에게 올린 보고서 내용이었다.

박용주는 이런 와중에 몸 둘 바를 몰라 전전긍긍했다. 속마음으론 목이 터지도록 '대한독립 만세!'를 외치고 싶었지만 자칫하다간 칼부림을 당할지도 몰랐기 때문이다. 아니, 그보다 자칫 분노한 극우집단에 걸려들면 여지없이 후테이센진으로 몰려 애먼 죽음을 당할 수도 있는 극히 위험한 상황이었다. 성난 일본인들의 눈에 비친 만만한 대상이 변함없는 식민지 조센진, 즉 후테이센진이 아닌가 말이다.

200만 자이니치(재일 조선인) 대부분이 그런 극단적인 위험에 노출돼 있었다. 그래서 만나는 사람마다 간토關東 대지진 때의 조선인 대학살 사건을 떠올리며 해방의 기쁨은커녕 숨을 죽이고 말조심, 몸조심에 급급했다. 간토 대지진이란 1923년 9월 1일 도쿄 동쪽 관문인 간토지방에서 발생한 사상 최대의 지진. 주민 수만 명이 숨지고 민심이 흉흉해지자 민심 수습에 나선 자경단自警團이 '조센진이 우물에 독약을 풀었다'는 터무니없는 유언비어를 퍼뜨리고 주민들의 분노를 부추겼다.

그러고는 범인을 색출한다며 조선인들을 닥치는 대로 닛폰도와 삼지창으로 찔러 무자비하게 학살하기 시작했다. 이때 6천 명 이상의 조선인이 억울하게 희생되었다. 이른바 간토 대지진 때의 조선인 대학살 사건! 이후 '조선인을 인간으로 생각지 않는다'는 극우 집단의 선언에 따라 '후테이센진'이라는 비속어가 생겼다. 극단적인 인종차별주의. 박용주가 여덟 살 때 발생한 사건이었지만 나카오리 한덕수를 통해 그 전말을 소상히 알고 있었다.

용주는 패전 후 민심이 흉흉해진 사회 분위기 속에서 언제 또 그런 사태가 재발할지 몰라 안절부절못했으나 히로히토의 항복 선언이 있던 8월 15일은 하루 온종일 오야마 다이묘의 곁을 떠나지 않았다. 다이묘는 전날 밤부터 식사를 전폐하고 차만 마셨다. 그냥 밥 생각이 없다고 했지만, 의도적으로 곡기를 끊은 것 같았다. 거의 말문도 닫고 교자상 앞에 돌부처처럼 앉아 있었다. 용주 역시 침묵을 지키며 그의 동정을 살필 수밖에 달리 어쩔 방법을 찾지 못했다. 가끔씩 찾아와 얼굴을 내밀고 바깥소식을 전하던 히라타도 그날은 보이지 않았다.

그렇게 하루가 지나고 자정이 가까웠을 때, 차를 한 모금 입에 적신 다이묘가 무거운 침묵을 깨고 말문을 열었다. 쩌렁쩌렁하던 평소와는 달리 목소리가 착, 가라앉아 있었다.

"조센(조선)이 해방되었으니 이제 자네도 조국을 찾아가야 하지 않겠는가?"

이 말에 소스라친 용주는 다소곳이 자세를 가다듬었다.

"아닙니다. 스승님! 스승님께서 내치지 않으신 한 전 스승님 곁을 끝까지 지켜야 합니다. 스승님은 야생마처럼 떠돌던 저를 거둬 주시고 인의예지신仁義禮智信을 가르쳐 주셨습니다. 제 조국이 해방되었다고 해서 어찌 스승님을 배신하고 돌아서겠습니까. 그건 인간의 도리가 아닙니다."

"으음… 고마우이."

연방 고개를 끄덕이는 다이묘의 그윽한 눈빛에 순간적으로 그렁그렁한 눈물이 고였다.

용주는 그 처연한 모습을 차마 바로 쳐다볼 수 없어 고개를 떨구고 말았다. 평소 의연하고 당당하던 다이묘의 모습이 너무도 나약하고 처연하게 보인 것은 그때가 처음이자 마지막이었다. 뭔가 미심쩍고 불안해 그날 밤을 꼬박 내실에서 다이묘 곁을 지키려고 결심했다. 하지만 다이묘가 굳이 혼자서 '생각을 정리해야겠다'며 '숙소로 돌아가라'고 강권하는 바람에 어쩔 수 없이 자리에서 물러났다.

용주는 숙소로 돌아와 뒤숭숭한 마음으로 잠시 눈을 붙였다가 일어난다는 것이 너무 깊은 잠에 빠져들었던 것이다. 비몽사몽간에 눈을 떠보니 새벽 6시. 뭔가 이상한 느낌이 들어 후닥딱, 일어나 내실로 달려가 보니 아니나 다를까, 다이묘가 가슴을 풀어헤친 유가타浴衣(잠옷) 바람으로 벽면에 등을 기댄 채 숨져 있었다. 하얀 붕대를 겹겹이 감은 아랫배에서 선혈이 낭자했고 오른쪽 무릎에 피 묻은 단도短刀가 떨어져 있었다. 평소 호신용으로 품에 지니고 다니던 메이도銘刀였다. 셋부쿠! 할복 자결한 것이다.

교자상 위에는 화선지에 붓 글로 쓴 유서가 한 통 놓여 있었다. 그윽한 묵향墨香이 묻어났다. 덴노 헤이카에게 보내는 우국충정憂國衷情의 유서! 격동기의 한 시대를 풍미했던 마지막 사무라이 야마모토 오타로山本太郞의 장렬한 죽음이었다. 65세를 일기로 파란만장한 삶을 자결로 마감한 것이다. 비록 '오야마大山'라는 별명으로 악명 높은 야쿠자계를 이끌었지만, 명예를 목숨처럼 아끼는 사무라이 정신만은 잃지 않았다. 남달리 우국충정도 강했다.

부고訃告를 받고 급히 달려온 긴자구미 오야붕 히라타는 경황없이 장례 준비를 서둘렀다. 그는 오야마 휘하에서 영욕을 다 겪었지만 사실상 야쿠자계 2인자의 자리를 굳건히 지켜 왔다. 그래서 상주를 자임한 그는 미군정이 실시되고 어려운 시대 상황을 고려해 12개 지파 오야붕들만 참석한 가운데 조촐한 장례를 치렀다. 좋은 세상이 오면 다이묘의 유택幽宅을 길지吉地에 따로 마련키로 하고 우선 오야마 의숙 잔디광장에 가묘假墓(가매장)를 썼다.

그러고는 두 번 절하고 두 번 손뼉 친 다음 다시 한번 절하는 '2배례拜禮 2박수拍手 1배례拜禮'의 전통 장례 의식에 따라 다이묘의 마지막 가는 길을 배웅했다.

도쿄만에 상륙한 점령군 GI(미군 병사)들의 저벅거리는 군홧발 소리가 밤새도록 도쿄 시가지를 울렸다. 날이 밝아오자 주요 간선도로에 장갑차와 중기관총을 거치한 지프, 드리쿼터 등이 삼엄한 경계망을 펴고 시가지 곳곳에서 권총을 차고 카빈총을 든 MP(미군 헌병)들의 불심검문이 실시되었다. 미 극동군 총사령부의 군정이 급속히 실시되고 있었다.

그러나 점령군이 진주한 도쿄 시가지는 매우 살벌할 것이란 예측과는 달리 다이쿠슈(대공습)의 공포가 사라지고 오히려 평화스러운 분위기 속에서 패전국 국민들은 일상으로 돌아갔다. 도심지 번화가 긴자마치도 전쟁 전과 별 차이 없이 활기를 띠고 있었다. 긴자마치의 붐비는 인파 속에서 나카오리 한덕수와 박용주의 모습도 보였다. 둘은 다이묘의 장례식에서 만나 '오랜만에 저녁이나 함께 하자'고 약속했던 것이다.

둘 사이에서 한 발 뒤처져 동행하고 있는 또 다른 사내. 얼핏 보아 키가 장승 같고 양어깨가 벌어진 장대한 체격에다 부릅 뜬 눈이 부리부리했다. 억실억실한 눈망울에서 뿜어나오는 열기만 봐도 보통 사람들은 주눅 들게 마련이었다. 약속한 다방에서 나카오리의 소개로 인사를 나눌 때만 해도 용주는 그를 긴자구미 야쿠자로 알았다. 얼굴 생김새나 체격으로 봐 전형적인 야쿠자 행색이었기 때문이다.

그러나 그는 불과 이태 전(1943년) 조선에서 밀항해온 씨름선수 출신이라고 했다. 이채희(1924~2013). 역시 경산 출신이었다. 경산에서도 용주와 같은 반야월이 고향이라고 했다. 용주보다 아홉 살 아래. 초면인데도 금방 형, 동생 할 정도로 동향同鄕의 정을 듬뿍 느꼈다. 그런데 나카오리가 왜 이런 친구를 진즉에 소개하지 않고 뒤늦게 데리고 나왔을까? 용주는 그것이 궁금했다. 나카오리의 평소 행동거지가 베일 속에 가려져 있었지만 너무 심했다는 생각을 지울 수 없었다. 일본인 도쿠히데로 살아온 나카오라 한덕수는 그만큼 비밀이 많은 사람이었다.

어쨌든 이채희는 도쿄의 교가쿠(협객) 박용주처럼 어릴 때부터 힘이 장사였다고 했다. 나카오리가 그를 소개하며 전한 말이다. 그는 일제강점기 헐벗고 굶주리면서도 씨름판에서 살다시피 했다고 한다. 10대 후반에는 천하장사에 올라 황소를 타기도 했다. 하지만 그는 씨름 연습보다 양어깨에 힘주고 건들거리며 놀기를 좋아했다. 이른바 가다(어깨)!

시간이 남아돌 때면 으레 대구 북성로 미나카이 백화점 골목이나 중앙통, 향촌동 일대를 누비며 주먹을 휘두르곤 했다. 조직도 없이 독불장군처럼 떠돌았지만 또래의 조폭들은 그를 두려워했다. 자칫 잘못 걸려들면 업어치고 메치고 모조리 때려 눕히고 바람처럼 사라지기 때문이다. 그러나 그는 주먹 자랑하는 가다(어깨)도, 힘자랑하는 씨름선수도 성에 차지 않았다. 일본 전통 격투기인 스모계에 진출해 조선인 최초로 요코즈나(챔피언)에 오르는 게 꿈이었다.

일본 국기인 스모는 레슬링에 가깝지만, 샅바를 차는 경기 룰은 씨름과 비슷했다. 게다가 일본 스모계에선 요코즈나 반열에 오르면 황소가 아니라 아예 돈방석에 앉게 된다고 했다. 같은 국기인 쥬도

(유도)는 아마추어지만 스모는 프로이기 때문이다. 그래서 그는 '일본 가서 출세했다'는 소문이 무성하던 고향 선배 한덕수를 찾아 밀항했다는 것이다.

하지만 그는 도쿄에 도착하자마자 스모는커녕 부두노동자를 등쳐먹던 한덕수의 얄팍한 사술詐術에 걸려 암흑가에 먼저 발을 들여놓고 만다. 그 당시 일본인 도쿠히데로 살아가던 한덕수는 자나 깨나 중절모를 눌러쓰고 다닌다고 해서 나카오리라는 별명도 붙어 있었다. 야쿠자 긴자구미의 모사꾼으로도 널리 알려졌다고 했다. 야쿠자의 영향력을 업고 도쿄만 노동조합장으로 활동했다.

'하루 벌어 하루 먹고 사는 열악한 노동환경을 개선한다'는 명분으로 노조 산하에 사금융신협(신용협동조합)도 운영했다. 긴자구미와 하우스(도박장)를 운영하며 벌어들인 돈을 굴려 노동자들을 상대로 이른바 일수놀이에 나선 것이다.

그는 돈이 되는 일이라면 물불을 가리지 않았다. 비 오는 날이나 공치는 날, 수입이 없을 때 노동자들에게 고리로 일당을 빌려주고 수입이 있을 때 갚는 일종의 불법 사금융업이었다. 여기에다 전쟁통에 힘겹게 살아가는 영세상인들에게도 장사 밑천을 대주고 조합원으로 끌어들여 영업장을 넓혀갔다. 일 · 중 전쟁에다 태평양 전쟁까지 겹쳐 서민경제가 그만큼 어려웠다. 이런 점을 이용해 전쟁 특수를 누린 것이다.

종전 무렵엔 부두노동자와 긴자마치 영세상인 등 노조 산하 신협 조합원만도 3천여 명에 달했다. 그러나 혼자서 일일이 일계표를 작성하고 업무를 챙기기엔 너무 벅찼다. 그렇다고 돈 놓고 돈 먹는 돈장사를 믿고 맡길 사람이 없었다. 돈장사에는 무엇보다 신의信義가 중요했기 때문이다. 고민하던 중 뜻밖에도 씨름판에서 놀던 고향 후배가 '스모 선수가 되겠다'고 찾아온 것이다. 천군만마를 얻은 기분이었다.

그는 당장 이채희에게 지배인 직함을 줘 신협 업무를 맡겼다. 중책을 맡은 채희는 일단 스모 선수를 접고 이 눈치, 저 눈치 볼 것 없이 자신의 뜻대로 소신껏 일을 밀어붙였다. 업무량이 많아 신협 분점을 늘리다 보니 도쿄 시내에 점포가 20개에 달했다. 여기에 종전 이후 부도 사태가 속출하면서 경영난에 몰린 기업들까지 사금융 시장에 손을 내밀었다. 채희는 한덕수의 돈줄을 종잣돈으로 굴려 자기 사업도 벌였다. 경영난을 겪고 있는 기업들과의 돈거래.

그 무렵 일본 맥주계를 대표하던 아사히 삐루朝日麥酒가 부도 위기에 몰렸다. 결정적인 이유는 종전 후 국민경제가 피폐해지고 맥주

매출고가 급격히 줄었기 때문이다. 여기에다 미 점령군이 진주하면서 간편하게 따 마시는 버드와이저 캔 맥주가 미군 PX를 통해 무진장 유출되었다. 야매(암거래) 시세로 아사히 삐루보다 거의 절반에 가까운 값으로 불티나게 팔려나갔다. 그러니 아사히가 부도 위기에 내몰릴 수밖에 없지 않는가 말이다.

하여 채희는 이 소식을 듣고 아사히 삐루 사장을 찾아가 '부도를 막아줄 테니 경영에 참여시켜 달라'며 겁박했다. 지푸라기라도 잡고 싶은 심정으로 노심초사하던 아사히 사장은 선뜻 그의 제안을 받아들여 재기의 발판으로 삼았다. 오늘날 세계 굴지의 기업으로 성장한 아사히 삐루가 한때 그런 경영난도 겪었다. 식민지 조센진으로 핍박받던 이채희가 아사히 경영에 참여했던 것은 한때 극일의 상징으로 회자되기도 했다.

그런 채희의 행각을 명색이 도쿄 다츠로 알려진 용주가 까맣게 모르고 있었다니 말이 되는 소리인가? 게다가 한덕수와 이채희도 긴자구미 야쿠자와 긴밀한 관계를 유지하고 있었다. 그런데도 한덕수는 다이묘의 수제자로 혼마치에 우뚝 선 고향 후배 용주에게 채희에 대한 이야기를 단 한마디도 귀띔해주지 않았다. 그가 교활하게도 채희를 이용해 자신의 잇속을 챙겨온 사실을 혹여 용주가 알아챌까 봐 두려웠기 때문이다.

그러다가 종전이 되고 다이묘가 셋부쿠로 자결하자 뒤늦게 채희를 데리고 나와 선보인 것이다. 또 무슨 수작을 꾸미려는 걸까? 그러나 험한 바닥에서 굴러먹은 채희도 보통내기가 아니었다. 한덕수의 속을 훤히 꿰고 있는 그는 나름 다른 꿍심을 품고 있었다. 종전 이듬해인 1946년 미군정이 본격적인 궤도에 오를 무렵 여차하면 한탕 치고 일본을 떠날 심산이었던 것이다.

이미 암달러상을 통해 환률이 하락하는 엔화를 만국통화 달러로 바꿔 비축하기 시작했다. 왜 그랬을까? 미군정청이 전후 일본 경제를 안정시키기 위해 사금융 고리채부터 정리하고 있는 데다 경시청에서도 미군정청의 지침에 따라 대대적인 사금융 단속을 벌이고 있었기 때문이다. 게다가 이윤 배분을 두고 야쿠지와의 갈등도 깊어지고 있었다. 약을 대로 약은 나카오리 한덕수는 아예 뒷돈만 챙기고 모든 책임을 채희에게 떠넘겼다.

심지어 신협자금에서 거액을 빼내 코민테른(국제공산주의연맹) 공작금으로 사용하고도 시치미를 뗐다. 이 사실을 알게 된 채희는 자칫하다가 금융거래법 위반 혐의로 걸려들 경우 억울하게 누명을 쓰고 학교(감방)에 가게 될지도 몰라 바늘방석에 앉은 기분이었다. 때문에 그는 고향 선배 한덕수에 대한 배신감도 뼈저리게 느끼고 있던 터였다. 그가 은밀히 한탕 치고 튈 준비를 서두르고 있는 이유다.

12. 나카오리 한덕수의 야망

12
나카오리 한덕수의 야망

긴자마치 밤거리를 거닐던 셋은 막내 채희가 안내하는 고급스러운 스시집 깊숙한 다다미방에 들어앉아 마사무네(청주)를 대폿잔으로 기울이며 밤새는 줄 모르고 밀담을 나눴다. 그러나 채희는 술을 입에 대지 않았다. 원래 체질에 맞지 않아 술을 못 마신다고 했다. 하지만 그는 정 · 관 · 재계의 거물들만 드나든다는 오야마 료테이(요정) 단골손님이었다. 주로 아사히 삐루 사장과 함께 다녔다고 했다. 조센진으론 유일한 오야마 료테이 단골인 셈이었다.

한덕수도 감히 눈치가 보여 료테이 출입을 삼갔지만 채희는 술 대신 어여쁜 게이샤를 품에 안고 가부키歌舞를 즐기는 한량이었다. 그런 그가 게이샤도, 가부키도 없는 스시집에서 아예 술을 삼가는 바람에 나카오리 한덕수와 도쿄 다츠 박용주, 둘이서 권커니 받거니 하며 마시기 시작했다. 몇 순배 돌아갈 동안 주로 아득한 고향의 어린 시절 이야기를 나누다가 약간 취기가 돌자 나카오리가 마침내 결심한 듯 말문을 돌리며 엉뚱한 제안을 한 것이다.

"어이, 다츠! 보래이, 인자(이제) 해방도 되었는데 우리, 언제까지 쪽바리들 눈치나 보믄서 살아가야 하노?"

그는 용주를 언제나 '다츠'라고 호칭했다.

다츠란 일본인의 해석으로는 태양, 조선인의 풀이론 용 또는 영웅을 뜻한다. 최고의 존칭이다. 나카오리는 평소에도 용주를 만나면 야쿠자계를 제패했대서 대단히 자랑스러워했다. 적어도 그 말만은 진정성이 있어 보였다. 그러나 용주는 평소 자신을 가리켜 '친척 동생'이라고 구라를 풀며 사익에 이용해 온 사실을 훤히 꿰고 있었다.

게다가 그는 용주를 이념적으로 코민테른의 포섭 대상에 올려 이른바 빨갱이 세뇌공작까지 벌였다. 이번에도 그런 식으로 운을 뗀 것이다. 용주는 그러잖아도 다이묘 별세 이후 마음의 갈등을 느끼고 있던 참이었다.

"그래서 행님은 이래 안 살고 우에 살라 카능교. 무슨 좋은 방법이라도 있능교?"

"동생! 보래이. 그래서 카는 말인데 우리도 힘을 모아야 안 되겠나?"

"하하. 아, 여(여기), 우리 서이(셋) 뿌(뿐)인데 서이서 힘을 모아 가지고 뭐 하자 카능교?"

"아, 우에 우리 서이 뿐이고? 우리 조센진 조합원만 캐도 3천 명이나 되고 일본 열도에 사는 동포가 총 200만이라 안 카나?"

"하하. 그래, 200만 동포를 모아 새삼스럽게 독립운동이라도 하자, 이 말잉교?"

"어어, 그기 아이라 독립은 벌써 했고 일본에 있는 우리 조선 사람들 권익을 찾자 카능기라."

한덕수가 박용주에게 진지하게 말하는 것을 들어보면 꿈이 야무지고 원대했다. 하지만 용주의 귀에는 그의 말이 가당찮게 들렸다. 가당찮다고 생각한 한덕수의 말이 시나브로 하나하나 현실이 되어가고 있는 사실을 용주는 미처 몰랐던 것이다. 물론 공산주의 이념을 바탕에 깔고 있는 한덕수의 음흉한 계획은 알 턱이 없었다.

다만 그가 재일 조선인의 권리회복에 적극적으로 나서고 있다는 것만 어렴풋이 짐작할 뿐이었다. 용주를 만날 때마다 입에 거품을 물다시피 '조선인들끼리 힘을 합쳐야 일본에서 온전하게 살아남을 수 있다'고 주장해 왔기 때문이다. 하지만 그는 엄혹했던 일제강점기 스스로 일본인 행세를 하며 조선인 동포를 이른바 후테이센진으로 취급하지 않았던가?

두 개의 얼굴을 가진 교활한 인간. 심지어 용주 앞에서도 나카오리를 눌러쓰고 일본인 행세를 하는 이중적 태도를 취하다가 들통이 났다. 그러다가 우리 힘도 아닌 일본을 굴복시킨 연합국의 힘으로 해방이 되자 얼굴을 싹, 바꾸고 조선인의 권리회복을 들고 나온 것이다. 칠면조 같은 기회주의자가 아닌가?

그 무렵 일본 열도 각 항 · 포구에는 해방된 조국을 찾아 귀국선을 타는 동포들이 미어터지고 있었다. 하지만 그대로 일본에 주저앉는 사람들도 적지 않았다. 해방된 조국이 미 · 소 강대국에 의해 38선으로 갈리고 극도의 혼란 속에 빠져들었기 때문이다.

게다가 좌 · 우 이념 갈등이 걷잡을 수 없이 깊어지고 있었다. 그래서일까, 서민들은 피죽도 못 먹고 초근목피로 겨우 목숨을 이어갔다. 이런 사실이 재일 동포사회에도 알려져 아예 귀국을 포기하게 된 것이다. 그러나 일본 도쿄에서 잔뼈가 굵은 조선 촌놈 한덕수의 생각은 먹고 사는 문제보다 이념 문제가 앞섰다. 그는 이미 국제공산주의(코민테른)에 물들어 골수 빨갱이로 변신해 있었기 때문이다.

그는 종전이 되자 재빨리 허물을 벗고 공산주의 세포 조직에 혈안이 되었다. 그런 그가 고향을 찾아 귀국선을 탈 리 만무했다. 패전한 일본 땅에서 터 잡고 진짜 빨갱이 노릇을 단단히 하고 싶은 마음이 간절했던 것이다. 더구나 일본에서는 공산주의 활동이 합법화돼 있었다. 맥아더 사령부의 군정 방침이 그랬다. 하지만 박용주와 이채희는 맹목적인 공산주의 이념에 매몰된 한덕수와는 달리 온전히 깨어 있었다. 천성이 자유주의자이자 보수적인 둘은 애초부터 공산주의 이념에 관심이 없었다.

용주가 야쿠자계에 몸담은 것도 우연이었다. 야쿠자와 한판 승부를 벌였다가 다이묘의 눈에 들어 사제 간의 인연이 맺어졌고 그 인연을 끊지 못해 닛폰도를 안 든 사상 초유의 '맨주먹 야쿠자'가 된 것이다. 하지만 이제 그가 스승으로 받들어 온 다이묘가 이승을 뜬 도쿄에 더 이상 머물 이유가 없어졌다.

그래서 한덕수의 달콤한 말이 귀에 들어오지 않았다.

10년이면 강산도 변한다고 했다. 도쿄는 변해도 너무 변해버렸다. 그 변화무쌍한 곳에서 인생의 황금기를 허송하고 보니 적수공권赤手空拳뿐이었다. 그동안 다이묘가 베풀어준 은덕에 목돈이 들어오면 부모님께 생활비로 부쳐드리곤 했지만, 자식 된 도리를 다

하지 못해 뒤늦게 불효를 한탄했다. 그러나 이채희는 적수공권이 아닌 두둑한 재물을 챙겼다. 여차하면 왕창 한탕 치고 튈 요량이었다.

그래서일까, 이들 3인방은 각기 다른 생각을 반복하고 있었다. 어쩌면 그중 용주의 생각이 가장 소박하고 솔직한 것인지도 모른다. 금전욕이 강한 채희는 간 큰 꿈을 키우고 있었고, 세상을 빨갱이 천지로 만들고 싶은 덕수는 너무도 끔찍한 꿈에 매몰돼 있었다. 하여 그는 용주를 이용해 먼저 야쿠자계를 장악하려 했다. 그러고 나서 자연스럽게 동포사회를 장악해 강력한 조선인 이념집단을 만들어 일본 정계에 뿌리내리고 싶었던 것이다.

박용주는 한덕수의 집요한 유혹에 결코 넘어가지 않았다. 그날 밤 긴자마치에서 술을 마시고 헤어진 후 가타부타 말 한마디 없이 등을 돌리고 말았다. 고향 선후배 간의 인연도 단호히 끊었다. 걸려오는 전화도 받지 않았다. 귀국을 결심한 그는 우선 다이묘 직무대리를 맡고 있는 히라타 오야붕을 찾아가 자신의 뜻을 전하고 오야마 의숙을 떠나겠다고 통보했다.

히라타는 충격을 받고 멍멍한 표정을 감추지 못했다. 잠시 넋을 잃은 듯 멍하니 용주를 바라보기만 하다가 이윽고 말문을 열었다.

"용사마 상! 갑자기 떠나겠다니 마른하늘에서 벼락을 맞은 기분이오. 이를 어떻게 해야 하나?"

"솔직히 제가 스승으로 모셔 온 다이묘께서 별세하신 이후 고민도 많이 했습니다. 제가 히라타 오야붕을 모시기에도 시대 상황이 적절치 않다고 판단했습니다. 이해해 주십시오."

"사실 용사마 상도 잘 아시다시피 종전 후 미군정의 마피아 단속령에 따라 우리 야쿠자 가족이 모두 지하로 숨어들고 찬바람만 불어오고 있습니다. 이런 상황에서 솔직히 해방된 조국을 찾아가겠다는 용사마 상을 말릴 명분도 없습니다. 하지만 우리 헤어지더라도 잊지 맙시다. 형제여!"

히라타는 용주의 손을 꽉 잡고 그렁그렁한 눈빛으로 작별 인사를 긍정적으로 받아들였다.

"아, 물론이지요. 제가 존경해온 히라타 아네키를 어떻게 잊겠습니까. 머지않아 한 · 일 간에 국교 정상화가 이루어지고 교류가 활발해지면 다시 찾아뵙고 지도를 받겠습니다."

용주는 정중하게 고개 숙여 예를 갖췄다.

"고맙소. 용사마 상! 부디 잊지 말고 소식을 자주 전합시다."

둘은 굳은 악수로 그렇게 작별 인사를 나누고 헤어졌다.

용주는 히라타에게 '나카오리 도쿠히데(한덕수)를 조심하라'는 각별한 충고도 잊지 않았다. 누구보다 가까워야 할 동향 선배지만 신뢰할 수 없어 자신은 진즉에 인연을 끊었다고 했다. 그러고는 '자칫 하다간 야쿠지 혼마치가 나카오리의 사악한 술수에 휘말려 낭패를 당할지도 모른다'는 귀띔도 했다. 그러나 히라타는 웃음으로 받아들였다. 그는 이미 나카오리의 교활한 행태를 훤히 꿰고 있었던 것이다. 이념적으로도 히라타는 공산주의를 혐오하는 극우였다. 당시 야쿠지 혼마치는 최대의 시련기를 맞고 있었다.

오야마 의숙을 나온 용주는 내친 김에 산가쿠마치 하야시 노포를 찾아갔다. 하야시 상은 혈혈단신 도쿄에 첫 발을 내디뎠을 때 만나 오늘의 용사마가 되게 한 깊은 인연이 있었다. 그런 하야시 상도 10년 세월이 흐르는 동안 머리가 희끗희끗해지고 많이 늙었다. 50대 중반. 그동안 둘은 부자지간처럼 허물없이 지냈다. 용주가 다이묘의 제자로 입문해 오야마 의숙으로 옮기고 나서도 시간이 나면 하야시 상을 찾아가 히레 사케를 한 잔씩 나누며 즐거운 시간을 보내기도 했다.

용주가 귀국선을 탄다는 소식을 접한 이웃 상가에서도 영업을 끝내자마자 안주 한 사라(접시)씩 들고 하야시 노포로 모여들었다. 서로 고별주를 한 잔씩 권하며 그동안의 회포를 풀었다. 사요나라(안녕)! 누구보다 하야시 상이 가장 아쉬워했다. 그는 용주의 손을 꼭 잡고 골목 어귀까지 배웅하며 눈물을 훔쳤다. 용주는 그런 하야시 상을 뜨겁게 포옹했다.

"오도상(아버지)! 너무 슬퍼하지 마세요. 그동안의 은혜 잊지 않겠습니다. 머지않아 또 만나겠지요."

용주도 끝내 주루루 흐르는 눈물을 감추지 못했다.

"용사마 상, 사요나라!"

그를 에워쌌던 산가쿠마치 주민들이 손을 흔들며 하나같이 아쉬운 작별의 인사를 건넸다.

한덕수는 박용주가 어느 날 갑자기 말 한마디 없이 사라진 사실을 알고 백방으로 수소문했으나 그의 행방을 아는 사람은 아무도 없었다. 하지만 철석같이 믿었던 다츠가 소리소문없이 사라졌다고 해서 그의 꿈이 깨진 것은 아니었다. 노심초사하는 그에게 뜻밖에도 돈방석에 앉을 수 있는 전화위복의 기회가 찾아왔기 때문이다.

종전 후 일본에선 돈이면 안 되는 일이 없었다. 떼돈을 벌 수 있는 절호의 기회였다. 슬롯머신 사업! 미군정청이 GI(미군)들의 합법적인 오락기구를 보급하기 위해 일본 국내에도 사행성 오락으로 슬롯머신을 허가한다. 이른바 파친코! 그 당시 일본에선 다다미방에 둘러앉아 일종의 복권 패에 나타난 숫자를 맞춰 돈 따먹기 하는 화투놀이가 유일한 사행성 오락이었다. 그것을 야쿠자 패거리들은 개평 뜯는 '하우스'라고 했다. 불법 도박이었다.

한덕수도 야쿠자들을 끼고 부두노동자들을 상대로 하우스를 운영해 제법 큰 돈을 모았다. 그러나 그동안 와이로(뇌물)를 먹고 암암리에 눈감아 주던 경시청이 미군정청의 불법 도박 특별처벌법 시행령에 따라 강력한 단속에 나서고 있었다.

때문에 대부분의 하우스가 문을 닫을 위기에 처했다. 이때 마침 미군정청이 슬롯머신을 개방한 것이다. 주일 미군들이 외출을 나가도 값비싼 호텔의 카지노 외에 부담 없이 즐길 수 있는 오락시설이 없어 미 본토에서 대중적 인기가 높은 슬롯머신을 도입하게 된 것이다. 한덕수에겐 그야말로 절호의 기회가 아닐 수 없었다.

슬롯머신이란 사행성 도박에 사용하는 박스(상자) 모양의 자동기계를 가리키는 말. 코인(동전)을 넣고 기계를 조작해 정해진 짝을 맞추면 일정 액수의 상금이 떨어져 나오는 오락기로 혼자서도 즐길 수 있다. 일본에선 '파친코'라는 신조어로 통했다.

눈치 빠른 한덕수는 파친코로 업종 전환을 서둘러 긴자 중심가에 문을 열었다. 외출 나온 주일 미군보다 스트레스에 쌓인 일본인들이 더 많이 찾았다. 단숨에 대박을 친 것이다. 이제 구질구질하게 경시청의 단속을 피해 가며 하우스에 매달릴 필요가 없어졌다. 그는 신협의 운영자금까지 빼돌려 파친코 매장을 늘려나갔다.

우리 교포들이 많이 사는 오사카로 진출할 때엔 파친코를 대규모로 늘려 교포들의 피땀 어린 투자금까지 빨아들였다. 그 과정에서 이채희가 독자적으로 운양하던 신협은 서서히 무너지기 시작했다. 신협의 주축을 이루었던 부두노동자들과 영세상인들이 급속도로 이탈했기 때문이다.

종전 후, 미 점령군이 속속 진주하고 극동군 총사령부가 도쿄에 설립되면서 도쿄만에 입하되는 군수물자가 엄청나게 늘어났다. 일손이 부족해진 미군정 당국은 하루 벌어 하루 먹고 사는 일당벌이 부두노동자들을 아예 군속으로 채용해 월급제로 전환했다. 하여 살판 난 노동자들이 넝마 조각 같은 작업복을 미 군복으로 갈아입고 미군부대에 배속되자 임의단체이던 노조도 해산할 수밖에 없었다. 때문에 신협도 회원들이 떨어져 나가는 바람에 문을 닫게 된 것이다.

게다가 신협 회원으로 가입했던 영세상인들도 사회가 점차 안정되고 사는 형편이 나아지자 투자금을 빼내 신협을 탈퇴했다. 그래서 자연 신협 금고가 텅텅 비고 투자금을 돌려주지 못한 채희는 마침내 고발당해 경시청의 수사를 받게 된다. 신협 자금을 빼돌려 파친코업에 투자한 한덕수를 찾아가 통사정했으나 '그러다가 양쪽 다 망한다'는 코대답만 듣고 발길을 돌렸다.

'죽을 쑤든 밥을 하든 알아서 하라'는 뜻이었다. 한덕수는 그만큼 냉혹한 인간이었다. 채희는 그런 고향 선배가 너무도 야속했다. 비정하기가 이를 데 없는 인간에게 빌붙어 떡고물이라도 챙기려다가 껍데기까지 홀랑 벗기고 낙동강 오리알로 신세 조지게 된 것이다. 어물쩍 미련을 두고 마지막까지 버티다가 자칫 혼자 덤터기 쓰고 학교(감방)로 직행하게 될지도 몰랐다. 영세상인들은 그를 사금융업법 위반 혐의로 고발해놓고도 연일 사무실로 몰려와 '투자금을 돌려달라'고 아우성을 쳤다.

'에라, 모르겠다. 일단 튀고 보자.'

그는 소가죽으로 만든 고리짝 하나만 달랑 메고 야반도주를 감행한다.

고리짝 속에는 100달러, 50달러 고액권이 차곡차곡 채워져 있었다. 요즘 화폐가치로 보면 수백만 달러가 되고도 남을 거액이었다. 밤을 새워 도착한 곳은 미군의 원폭 투하로 잿더미가 된 나가사키 항구. 이곳에서 밀항선을 탔다. 미군 GMC 트럭 엔진을 장착한 밀항 · 밀수 전문 발동선이다. 한국과 가까운 쓰시마(대마도)까지 두어 시간. 한 · 일 간 밀수기지로 유명한 이즈하라항에서 부산까지는 불과 한 시간 남짓한 거리였다. 그는 3년 전 일본에 올 때도 밀항선을 탄 경험이 있다.

경시청 수사대가 이채희의 숙소를 덮쳤을 때 그는 이미 경산 고향집에 도착해 있었다. 한덕수는 그것도 모르고 채희를 속죄양으로 삼고 자신만 빠져나가기 위해 있는 죄, 없는 죄 다 뒤집어씌워 경시청에 고발했던 것이다. 얼마나 교활하고 사악한 짓인가? 그런 자가 당시 암암리에 일본을 오가던 북한 공작선과 접선해 김일성의 친서를 받고 어마어마한 음모에 주역으로 나선다.

그는 파친코업으로 벌어들인 거액을 달러로 환전해 김일성의 통치자금으로 바치고 적기훈장과 영웅칭호까지 받았다. 국제공산주의자에서 한 걸음 더 나아가 일본 내 김일성 주체사상파 오야붕으로 변신했다. 한동안 베일에 가려졌던 그의 본색이 드러나기 시작한 것이다.

6 · 25남침 전쟁 때는 일본 열도가 유엔군의 병참기지가 되고 샌프란시스코 강화조약으로 국권을 회복하면서 경이적인 한국 전쟁 특수를 누리게 되자 그가 운영하는 파친코업도 크게 번창한다. 그야말로 꿩 먹고 알 먹고, 도랑 치고 가재 잡는 격이었다. 이때부터 망상에 사로잡힌 그는 북한과 연계한 공산당 조직을 크게 확대한다. 그 모태가 코민테른에 뿌리를 둔 고려공산당.

6 · 25 전쟁 기간 중 벌어들인 파친코 수입만도 현재 화폐가치로 무려 1조 원대. 1953년 정전협정 이후엔 그가 태어난 조국 대한민국이 아닌 잿더미로 변한 북한에 전후 복구사업 지원이란 명목으로 엄청난 자금을 지원한다. 그런 그가 정전협정 2년 후인 1955년엔 자이니치의 단결과 권익 보호를 위해 재일본 조선인 총연합회를 결성한다. 이른바 '조총련'이다.

1945년 8월 15일 종전 직후 재일 조선인은 줄잡아 200만 명. 그 중 140만 명이 귀국선을 타고 대한민국 품으로 돌아갔으나 나머지 60만 명은 무국적자로 일본에 남았다. 이들 중 대다수가 한덕수의 선전 · 선동에 넘어가 조총련에 가입하고 북한 국적을 취득하게 된다. 대한민국 경상도 출신인 한덕수가 철저하게 빨갱이 고수로 돌아선 이유다.

조총련 설립에 성공한 그는 김일성의 지령에 따라 간 큰 널장사부터 시작했다. 재일본 조선인 북송사업! 천사의 탈을 쓰고 악마의 길을 걷게 된 것이다. 그 당시 일본 정부도 골치 아픈 재일본 조선인 문제를 푼다는 명분으로 적십자사를 앞세워 한덕수의 장단에 놀아났다. 그들은 대부분 일제강점기 강제징용 · 징용으로 끌려와 종전 후 귀환을 포기하고 주저앉은 사람들이다.

한덕수는 이런 자이니치의 취약점을 이용해 대대적인 홍보전을 펼친다. '일본에서 차별대우를 받고 가난하게 살아가는 우리 동포들을 비단옷에 고깃국을 먹는 지상낙원으로 보내주겠다'고 선동한 것이다. 북한 인민들을 다스리는 김일성의 선동공작을 쏙 빼닮았다. 이른바 북송사업의 서곡이었다.

하여 1959년부터 84년까지 25년 동안에 걸쳐 실시된 북송사업에서 북한 만경봉호에 실려 지상낙원이 아닌 생지옥으로 끌려간 동포들은 모두 9만 3천740명. 줄잡아 10만 명이다.

일본 정부로선 큰 짐을 덜었지만, 대한민국은 한 · 일 국교정상화도 안 된 상태에서 이를 막을 방법이 없었다. 지금은 많이 돌아섰지만 1950년대 그 당시만 해도 대한민국 국적의 일본거류민단은 10만 명에 불과했다. 게다가 조총련 교포들이 출국 신고서에 강제 북송이 아닌 '국제법상 이주 · 이동의 자유를 선택한다'고 자필로 기록했기 때문에 속수무책이었다.

그러나 결국 일본도 당했다. 조총련이 북한 공작원의 일본인 납치 사건에도 깊숙이 관련돼 있었기 때문이다. 일본 정부가 뒤늦게 속았다는 사실을 알았으나 이미 때가 늦었다. 고이즈미 총리가 직접 북한으로 날아가 김정일의 공식 사과를 받고도 일본인 납치 사건은 아직도 정답이 없는 숙제로 남아 있다.

특히 희대의 빨갱이 고수 한덕수는 조총련 재일 교포 문세광의 육영수 여사 저격 사건을 직접 조종한 것으로 알려져 있다. 그런 자가 천인공노할 만행으로 47년 동안 조총련을 쥐락펴락하며 군림하다가 2001년 94세를 일기로 세상을 떠났다. 천수를 누릴 만큼 액운도 길었다.

13. 귀국선

13
귀국선

도쿄 다츠 박용주가 평범한 자이니치 신분으로 귀국선에 오른 것은 해방 이듬해인 1946년 9월 초순. 도쿄만에서 여느 귀환 동포들과 함께 낡은 미 해군 수송선 LST를 개조한 연락선을 탔다. 짐이라곤 달랑 등짝에 멘 낡은 고리짝 하나와 손에 든 가죽가방뿐이었다. 고리짝엔 달러를 잔뜩 구겨 넣고 밀항선을 탄 씨름꾼 이채희와는 달리 땀에 전 유도복 두 벌과 잡동사니뿐이었다. 다이묘가 맞춰 준 세빌로 양복도 몇 번 안 입고 하야시상에게 기증하고 재건복 차림으로 귀국선에 오른 것이다.

배에 오르고 보니 선창은 이미 귀환 동포들로 초만원이었고 갑판에도 발 디딜 틈이 없었다. 해방된 지 1년이 지났건만 재일동포들의 귀국 행렬은 미어터지고 있었다. 그도 그럴 것이 그 당시 일본 열도에 흩어져 살던 우리 동포 200만 명 중 줄잡아 100만 명이 떠났지만 그 무렵에도 40여만 명이 귀국선을 기다리고 있었다.

용주는 상갑판 뱃머리의 가장자리를 비집고 들어가 겨우 난간에 자리 잡았다. 한때 이름을 날렸던 '도쿄 다츠'를 알아보는 사람은 아무도 없었다. 10여 년 전 관부연락선 3등 칸에 타고 현해탄을 건널 때처럼 이름 없는 조센진에 불과했다. 다만 신분상 달라진 게 있다면 그때는 일본의 식민지 후테이센진이었고 지금은 엄연한 대한민국 국민이다.

하룻밤을 꼬박 뱃멀미에 시달린 끝에 부산항에 도착해 곧장 부산역으로 이동했다. 그리고 플랫폼을 경비 중이던 미군 MP(헌병)의 인솔로 쫓기듯 경부선 열차로 갈아탔다. 부산과 경남이 연고지인 귀환 동포들은 별도의 입국수속을 받았지만, 나머지는 미군정청의 철저한 통제하에 각자의 연고지를 찾아가야 하기 때문이다.

부산을 떠나 서울로 향하던 열차가 마침내 대구역에 도착하자 상행선 철로가에 우뚝 선 시그널에 빨간불이 켜지고 기관차가 기적을 울리며 서서히 멈춰 섰다. 기관차의 실린더에선 하얀 증기가 연기처럼 뿜어나와 바람결에 흩날리듯 플랫폼을 뒤덮었다.

열차가 멈춰 서자 남루한 옷차림의 승객들이 저마다 고리짝이나 봇짐을 메고 들고 앞다퉈 쏟아져 나왔다. 우리의 주인공 박용주도 그중 한 사람. 열차에서 내린 귀환 동포들과 일반승객들이 뒤섞여 플랫폼과 연결된 구름다리를 건너 출찰구를 향해 발걸음을 재촉했다. 승객들 틈새를 비집고 나타난 아카 보시(챙 없는 빨간 모자를 쓴 짐꾼)들의 호객 소리가 요란했다.

"짐이요, 짐! 짐꾼 사이소, 짐!"

"무거운 짐, 들어주겠십더. 짐 맽기이소!"

대부분의 승객들은 아카 보시들의 호객을 외면한 채 서둘러 출찰구를 향해 발걸음을 바삐 옮겼다.

그러나 오는 날이 장날이었다. 귀환 동포 전용 출찰구 입구에서 하얀 마스크로 코와 입을 가린 방역 요원들이 무조건 펌프식 분무기로 DDT 분말을 뿌리는 거였다. 용주도 예외 없이 DDT 분말을 하얗게 뒤집어썼다. 그러고는 99식 장총을 멘 경찰관 입회하에 대구역 서쪽 건너편 공회당 앞 광장에 설치된 미군정청 귀환 동포 임시수용소로 쓸려갔다.

귀환 동포 임시수용소라니? 미군정청의 지침에 따르면 귀환 동포들은 반드시 이곳에서 일주일 동안 수용돼 신원조회와 방역을 마치고 연고지를 찾아가도록 돼 있다는 거였다. 공교롭게도 그 시점에 대구 시내 전역에 호열자(콜레라)가 창궐해 방역비상령이 내려져 있었다. 그러나 박용주는 어쨌든 고향 땅을 밟았다. 대구역을 떠난 지 10년 만이다.

10년이면 강산도 변한다는데, 그가 바라본 대구역은 예나 지금이나 변한 게 없었다. 일제강점기 경부선 철도가 부설될 때 일본의 전통적인 에끼(역) 건축 양식에 따라 지은 역사驛舍가 머리에 이고 있는 우중충한 돔 형태의 파란색 지붕과 '대구역'이라는 네온 간판이 돋보일 뿐이다. 그 아래로 광장이 펼쳐지고 등짐과 봇짐을 남부여대男負女戴한 각양각색의 승객들이 물밀듯이 밀려 바쁘게 드나들고 있었다.

용주는 혹여 아는 사람이라도 마주칠까 봐 두려움이 앞섰다. 독립운동가처럼 자랑할 것도 없고 일본 야쿠자 집단에 얹혀살다 돌아온 자신의 행색이 너무도 초라했기 때문이다. 한때 '도쿄 다츠(도쿄의 용)'라는 별명으로 야쿠자계를 주름잡았던 협객이었지만 피압박 민족에게 아무 도움도 주지 못하고 호의호식만 했다. 그것이 속 부끄러웠던 것이다.

미치 교회 첨탑처럼 우뚝 솟은 공회당 지붕 위에 설치된 대형 스피커에서 '귀국선'이라는 노래가 우렁차게 울려 퍼졌다.

"돌아오네~ 돌아오네~ 고국산천 찾아서~ 얼마나 그렸던가 무궁화꽃을~ 얼마나 외쳤던가 태극 깃발을~ 갈매기야 울어라, 파도야 춤춰라~ 귀국선 뱃머리에 희망도 크다아~"

광복 이후 널리 애창되던 국민가요.

용주는 공회당 앞 국기 게양대에 펄럭이는 태극기를 바라보며 감격 어린 표정으로 눈시울을 붉혔다. 그는 이때 또 한 번 속 부끄러움을 느꼈다. 일제강점기 때 태극 깃발을 들어보기는커녕 도쿄 시가지를 누비며 빈둥거렸을 뿐 아무것도 한 일이 없었다. 그런 그를 펄럭이는 태극기가 포근하게 감싸주고 있지 않은가.

공회당 앞 광장에는 미군 야전 텐트를 오밀조밀하게 친 텐트촌이 들어서 있었다. 귀환 동포 임시수용소. 줄지어 등록 수속을 마치고 예방주사를 맞은 다음 입소를 기다리는 사람들의 표정이 하나같이 어둡기만 했다. 용주는 부질없이 화가 났다. 그는 등록소에서 수속을 밟으면서 담당자에게 볼멘소리로 따질 듯이 말했다.

"호열자 때문에 사방이 막혀 오도 가도 몬 한다 카믄 여서(여기서) 언제까지 기다려야 하능교?"

"글쎄요, 콜레라가 다소 숙지긴 했지만 미군정청에서 아직도 대구를 빠져나가는 길목을 막고 있다 카네요."

담당 공무원은 남의 말하듯 코대답으로 얼버무렸다.

그런 사람을 붙잡고 무슨 말을 하겠나. 말하는 사람의 입만 아플 따름이었다. 고향 반야월이 엎어지면 코 닿을 곳인데도 곱다시 갇히는 신세가 되고 말았다. 벌떡 일어나 등록소 밖으로 나온 그는 화를 참지 못해 버릇처럼 두 손을 털며 땅바닥에 마른침을 퉷, 뱉었다.

'차라리 일본에 눌러앉을 걸….'

후회했지만 아무 소용이 없었다.

공회당의 스피커에서 '귀국선' 노래가 반복해 울려 퍼진다.

"귀국선 뱃머리에 희망도 크다아~"

"희망 같은 소리하고 자빠졌네. 에잇, 퉤!"

그는 혼잣말로 또다시 마른침을 내뱉었다.

귀환 동포 임시수용소 끄트머리 단선 철조망 울타리를 친 경부선 철도 변 공터에 노천식당이 있다. '적십자 봉사대'라는 완장을 찬 여성들이 커다란 무쇠솥을 걸어놓고 미국의 원조 양곡인 옥수숫가루를 풀어 김이 무럭무럭 나는 강냉이죽을 끓여냈다. 시중의 가난한 사람들은 피죽도 못 먹는데, 강냉이죽이 어디냐고들 했다. 배급 쌀이 끊기고 콜레라 창궐로 이웃 농촌지역으로 양식 조달하러 가는 길도 막혀버렸기 때문이다.

노천식당에서 강냉이죽 한 그릇으로 허기를 채운 그는 철로 변 폐선 침목을 의자로 삼아 엉덩이를 붙이며 담배를 한 대 피워 물었다. 이때 까맣게 염색한 황군(일본군) 군복에 군모를 눌러쓴 지카다비下足(작업용 신발) 차림의 젊은 지게꾼이 배식받은 죽 한 그릇을 들고 다가왔다. 20대 초중반의 청년. 그는 용주가 앉아 있는 철로 변에 지게를 벗어놓고 그 위에 걸터앉아 숟가락도 없이 죽 한 사발을 후루루 목구멍으로 넘겼다.

그러고는 곰방대에 잎담배 부스러기를 차곡차곡 쟁이고 부싯돌로 불을 붙여 빽빽 빨아당기며 하염없이 먼 하늘로 시선을 보낸다. 젊디나 젊은 나이에 찌든 삶의 흔적이 고스란히 배어났다. 옆에서 멀거니 지켜보던 용주가 자신이 피우던 일본 담배 하토鳩를 갑째로 건네며 말문을 열었다.

"이거 한 번 피워 보소. 젊은 사람이 곰방대 물고 있는 기 영 보기 안 좋구마."

"아이고, 이거 일본 담배 아입니꺼? 고맙심더."

화들짝 놀란 청년은 입에 물고 있던 곰방대를 얼른 속주머니에 감추고 용주가 건넨 담뱃갑에서 한 개비 뽑아 물었다. 용주는 성냥까지 그어 담뱃불을 붙여주었다.

"담배 이름이 하또라꼬 카지만 우리말로는 갈매기라 카더마. 동경에서 배 탈 때 한 보루 사가지고 온 기라."

"아하, 일본서 왔다 카믄 귀환 동포네요?"

"그런 셈이지."

"그라모 어느 탄광에서 일하다가 왔십니꺼? 내도 들은 이바구(이야기)지만 우리 동포들이 홋카이도 탄광에 조요(강제징용)로 끌려가 마이(많이) 죽었다 카던데… 우야든동(어쨌든) 살아왔으이 큰 다행입니더."

"아, 내는 홋카이도 근처에도 몬 가보고 동경에서 그냥 달겅이 생활하다가 돌아왔다 카이."

"달겅이…? 달겅이가 뭡니꺼예?"

"아, 달겅이를 거꾸로 말하믄 겅달이 아이가? 건달, 놈팽이! 하하."

"아이고 마, 건달이라 카믄 가다(어깨) 아입니꺼? 한 주먹 쓰는 가다!"

"내는 가다 근처에도 몬 가보고 산가쿠마치라 카는 쪼맨한 식당에서 시다바리하다가 돌아온 기라."

"하아. 그렇십니꺼. 내는 건장한 아재(아저씨) 모색을 보고 가다 오야붕 쯤 되는 줄 알았구마."

"어허, 그런 소리 하지 마소. 그카다가 진짜 가다 오야붕 만나믄 우얄라 카노. 쉿!"

"하하. 알았구마. 아재요!"

둘은 그렇게 통성명을 하고 수용소에서 함께 지내게 되었다.

청년 지게꾼은 사고무친四顧無親이었다. 간난 아기 때 강보에 싸여 버려진 것을 동네 사람들이 거둬 동냥젖으로 키웠다고 한다. 자라면서 울고 보챌 줄도 모르고 멍한 눈망울만 굴려 이름도 경상도 사투리로 맹하다고 '맹이!'라 불렀다는 것이다. 그 맹이가 자라 자신을 키워준 동네 머슴이 되고 동네를 대표해 공출 쌀을 실어나르는 동척(동양척식회사) 등짐꾼으로 징발되었다고 했다. 그것도 일종의 조요(징용)인 셈이다.

동척이란 조선총독부의 수탈정책을 대행하는 일본 공기업. 대구의 경우 경북 도내 각 농가에서 공출로 수탈한 쌀을 낙동강 사문진 나루터에 집하시켜 부산 다대포로 반출하고 다시 일본 화물선에 선적해 본토로 실어 날랐다고 했다. 맹이는 그런 동척에 끌려가 중노동에 시달리다가 8 · 15해방을 맞아 풀려났다. 애초 월급을 준다고 약속했지만 돈 한 푼 못 받고 빈 지게만 달랑 메고 나왔다고 했다.

그는 공출 소리만 들어도 등골이 오싹해진다고 했다. 그 무렵 각 농가에선 일 년 내내 피땀 흘려 농사를 지어 봐야 입에 풀칠하기도 어려워 꽁보리밥이나 국수로 허기진 배를 채웠다고 했다. 특히 춘궁기(보릿고개)에는 양식이 떨어져 동척에서 쌀 공출할 때 배급한 콩깻묵大豆粕을 갈아 죽을 쒀 먹었다고 한다. 이마저도 없는 절대 빈곤층은 들판의 풀뿌리나 야산의 소나무 껍질을 벗겨 송진을 채취해 보릿가루와 섞어 대용식으로 허기를 채웠다. 말 그대로 초근목피의 삶이었다. 용주가 혈혈단신 일본으로 떠난 이유도 거기 있었다.

그 당시 공출 쌀과 함께 동원된 노동자가 동네 머슴들이었다. 따지고 보면 맹이도 일본까지 끌려가진 않았지만 귀환 동포와 다름이 없었다. 그래서 떳떳하게 귀환 동포 임시수용소에 들어가 숙식을 제공받고 있는 것이다. 그가 메고 다니는 지게도 사문진 나루터에서 공출 쌀을 져 나르던 것이다.

전염병 콜레라가 숙진다는 소식은 아직도 요원하다. 용주가 대구에 오기 3개월 전이던 6월 중순 장마철로 접어들 때 부산 자갈치시장에서 대구 큰장(현 서문시장)으로 반입된 수산물에서 수인성 전염병 콜레라가 발생했다는 거였다. 콜레라는 삽시간에 인근 내당동과 비산동을 거쳐 대구시 전역으로 번졌다. 때마침 대구 시가지를 가로질러 흐르는 신천이 집중호우로 범람하고 홍수가 나면서 콜레라 병원균이 걷잡을 수 없이 확산된 것이다.

출범한 지 8개월밖에 안 된 미군정청 산하 경상북도 보건후생과에서 콜레라 방역령을 긴급 발령하고 대구를 비롯한 경북 도내 전역에 집중적인 방역에 나섰으나 콜레라는 더욱 기승을 부렸다. 해방이 되었다곤 하나 여전히 일제 식민지배의 관습에서 벗어나지 못해 사회환경이 열악한 데다 전염병에 약한 7월 한여름에는 콜레라가 더욱 맹위를 떨쳤다.

대구 시내에서만도 환자 수가 1천100명에 달하고 사망자가 800여 명으로 늘어났다. 경북 도내엔 환자 2천500여 명에 사망자가 1천500여 명을 기록했다.

하여 미군정청은 세계보건기구(WHO)가 규정한 1군 법정전염병인 콜레라 확산을 막기 위해 대구시 외곽으로 빠지는 교통망을 차단하고 지역 주민들의 이동을 일체 금지시켰다. 때문에 용주처럼 대구 인근에 연고가 있는 귀환 동포들마저 발이 묶여 자유롭게 고향을 찾아갈 수 없었다.

대구는 이미 3개월째 외부로부터 고립된 채 대다수 시민들이 굶주림과 병마에 시달리고 있었다. 식량 반입이 금지되고 민심이 흉흉해지면서 급기야 시중 쌀값이 60배나 치솟았다. 때문에 콜레라에 걸려 죽은 사람보다 굶어 죽은 사람이 더 많았다고 했다. 9월 들어 조석으로 찬 기운이 느껴지긴 했지만, 콜레라는 좀체 숙질 줄 몰랐다. 견디다 못한 시민들이 마침내 '쌀배급을 달라'며 거리로 뛰쳐나왔다. 이른바 기아행진!

도심지 곳곳에서 당장 무슨 난리가 날 것 같은 조짐이 보였다. 아니나 다를까, 9월 말에는 대구 시가지를 남북으로 관통하는 간선도로인 중앙통(현 중앙로)이 기아행진에 나선 시민들로 하얗게 뒤덮였다. 기아행진을 주도하는 세력은 한동안 지하에 숨어 있던 남로당(남조선 노동당) 핵심 조직인 민전(민주주의 민족전선). 그들은 '대구시민들이 하루 한 끼도 먹지 못해 각급학교 학생들의 결석율이 60%, 노동자들의 결근율이 77%나 된다'고 사태의 심각성을 주장하며 민중항쟁을 선동했다. 이른바 '10 · 1 폭동사건'의 서곡이었다.

여기에다 설상가상으로 전국노동조합 경북도평의회에서 총파업을 선언했다. 노조는 일급제 반대 · 임금 인상 · 노동자 가족 1인당 하루 쌀 4홉씩 배급 등의 요구 조건을 내걸고 기아행진에 합세했다.

1946년 10월 1일. 이른 아침부터 대구역 광장에 집결한 시민·노동자들이 '배고파 못 살겠다. 쌀배급을 달라'는 분노에 찬 구호를 외치며 쌀자루를 흔들고 마침내 과격한 시위에 돌입했다. 시간이 흐를수록 시위군중이 꾸역꾸역 몰려들고 절박한 구호에 현혹된 맹이도 난데없이 수용소에서 뛰쳐나가 빈 지게를 메고 앞장선다.

"더러분(더러운) 시상(세상), 확 뒤집었뿌자(뒤집어버리자)!"

맹이가 이렇게 외치며 지겟작대기를 휘이휘이 휘젓고 길을 텄다.

중앙통 입구로 빠져나온 시위대는 출동한 경찰과 맞닥뜨리자 길바닥의 돌멩이를 주워 던지며 격렬히 저항했다. 일제가 남기고 간 99식 장총으로 무장한 경찰은 공포탄을 발사하며 시위대를 진압했으나 중과부적이었다. 경찰 저지선이 뚫리고 중앙통으로 진출한 남로당 민전의 선발대가 마침내 본색을 드러내며 황당한 구호를 외치기 시작했다.

"빵구(방귀) 낐다(뀠다) 갈라 묵자(먹자), 공산당!"

저들은 굶주린 시민들의 군중심리를 이용해 기아행진을 주도하면서 생리 본능에서 가스로 나오는 방귀까지도 나눠 먹는 '공산주의 평등사회를 만들자'고 선동한 것이다. 시민들은 공산주의가 무엇인지, 세상이 어떻게 돌아가는지도 모르고 무조건 환호하며 황당한 구호에 매몰되어 갔다. 생리현상인 방귀까지도 서로 나눠 먹을 만큼 평등한 세상을 만들자는 선동 구호가 헐벗고 굶주린 시민들의 가슴에 강력한 구원의 메시지로 파고들었기 때문이다.

쌀자루를 흔들며 대구시청으로 몰려간 시위대는 시청사를 에워싸고 '쌀배급이 아니면 죽음을 달라'고 격한 구호를 외쳤다. 그러나 미군 현역 소령인 군정 시장을 비롯한 공무원들은 모두 피신하고 시청사는 텅 비어 있었다. 머리에 붉은 띠를 두른 민전 행동대원들이 마침내 시청사에 불을 지르고 만다. 낡은 목조 건물이 검붉은 화염에 휩싸이고 승리감에 도취된 민전 행동대는 겁도 없이 빨치산의 적기가를 소리 높여 불렀다.

"인민의 기, 붉은 기는 전사의 시체를 두른다~ 높이 들어라, 붉은 깃발을~"

알고 보니 굶주린 시민들의 기아행진이 아니라 미 '군정을 교란하기 위한 남로당 집단의 계획된 폭동이었던 것이다. 대구 시가지는 그야말로 무정부 상태로 빠져들고 있었다. 해방공간에서 발생한 전국 최초의 이데올로기 폭동에 편승한 맹목적인 민란이었다.

광풍에 휩쓸린 대구 시가지는 마치 전쟁터를 방불케 했다. 경찰의 진압과정에서 무차별 발포로 시위 대원 4~5명이 숨지자 성난

군중이 각목과 죽창을 들고 '살인 경찰 처단하라'며 마침내 대구경찰서까지 점령한다. 시위군중이 폭도로 변한 것이다. 제복을 입은 경찰관들의 시체가 길거리에 나뒹굴고 공공기관을 비롯한 시중은 행도 일제히 문을 닫았다. 시위대에 편승한 괴한들이 폭력과 약탈을 자행했기 때문이다.

폭동은 이튿날인 10월 2일 미군정청이 비상계엄령을 선포하고 완전무장한 미군이 장갑차를 앞세우고 출동하면서 점차 수그러들기 시작했다. 오후 7시부터 이튿날 새벽 4시까지 통행금지령도 내려졌다. 여기까지가 귀환 동포 임시수용소가 있는 공회당 옥상에서 박용주가 지켜본 10 · 1 폭동사건의 전말이었다.

그러나 그날 이후 지게꾼 맹이의 모습은 보이지 않았다. 수용소 내에서는 더러 지겟작대기를 흔들며 시위대를 이끌던 맹이가 '경찰의 총에 맞아 죽었다'고도 하고 '경찰에 붙잡혀 빨갱이로 내몰린 끝에 즉결처분을 당했다'는 소리도 들려 왔다. 또 다른 한편에선 민전 행동책을 따라 '팔공산으로 숨어 들어가 진짜 빨갱이가 되었다'는 뜬소문도 들렸지만 정확히 그의 행방을 아는 사람은 아무도 없었다.

14. 혼돈의 세월

14

혼돈의 세월

박용주는 귀환 동포 임시수용소에 입소한 지 3주일 만에 가까스로 풀려났다. 1주일만 머물면 된다는 것이 보름이나 늦었다. 콜레라 방역령이 내려진 데다 10 · 1 폭동사건이 겹쳐 옴짝달싹 못 하고 갇혀 지내야만 했다. 유일하게 지겨움을 견디는 일이라면 강냉이죽 한 그릇 얻어먹고 공회당 옥상에 올라가 중앙통이 훤히 내려다보이는 자리에서 하얗게 거리를 뒤덮은 시위대를 구경하는 것뿐이었다. 시위대 앞에서 지겟작대기를 흔드는 맹이의 모습을 찾아보는 것도 그중 하나였다.

어쨌든 그는 풀려났다. 이젠 비상개엄령도 해제되고 기승을 부리던 콜레라도 씻은 듯이 사라졌다. 꽉 막혀 있던 사방의 길도 훤히 뚫려 어디든 가고 싶은 대로 간섭 안 받고 자유롭게 갈 수 있었다. 엎어지면 코 닿을 곳. 고향 반야월이 눈에 선하게 보였다. 단숨에 대구역으로 달려가 대구~강릉을 오가는 중앙선 완행열차표를 끊었다. 불과 30~40분 남짓한 거리지만 가다 서기를 반복하는 완행열차를 타야 간이역이 있는 반야월에 내릴 수 있기 때문이다.

그는 마침내 10년이면 강산도 변한다는 고향 땅을 밟았다. 실로 감개무량했다. 그러나 해방된 고향에도 변화의 바람은 불지 않았다. 역을 빠져나와 천천히 발걸음을 옮기면서 둘러본 고향은 예전 퇴락한 모습 그대로였다. 다만 변한 것이 있다면 일본인 거류민이 수탈해 경작하던 능금(사과) 밭이 옛 주인의 손으로 돌아와 풍요를 과시하듯 울긋불긋 주먹만한 열매를 주렁주렁 매달고 있다는 것뿐이었다.

바람소리, 새소리만 들리는 팔공산 남쪽 끝자락. 천년 신송神松이 우거진 산비탈에 올망졸망 안기듯 숨어 있는 초가 마을이 그를 반겨준다. 대부분 지붕에 햇짚으로 이엉을 얹어 가을 햇살을 받아 누렇게 물들었지만, 그의 생가 지붕은 시커멓게 썩어가고 있었다. 그동안 사람의 손길이 닿지 않아 비단벌레가 뚝뚝, 떨어지고 울도 담도 없는 마당에 들어서니 인기척은커녕 썰렁한 냉기만 감돌았다. 그는 소스라치며 가슴이 철렁 내려앉았다.

폐가처럼 방치된 방문을 열어젖히니 아니나 다를까, 어두컴컴한 방안 마주 보이는 벽면 아래 조그만 밥상이 놓여 있고 밥상 위에 벽면을 등지고 가지런히 걸린 부모님의 영정이 그를 반겼다. 충격을 받은 그는 급히 방 안으로 들어가 부모님 영정 앞에 엎드려 한없이 통곡했다. 이태(2년) 전이었나? 태평양 전쟁 막바지 도쿄 다이쿠슈(대공습) 때 어머니가 돌아가셨다는 부고를 받았으나 쉬이 귀국할 수 없었다. 그 이태 전에도 만주에 가 있는 바람에 아버지의 부고를 받지 못했다. 그래서 그는 불효막심한 패륜아가 된 것이다.

피붙이라곤 누이동생이 하나 있었으나 그가 일본으로 떠난 이후 결혼해 시집살이한다는 소식만 들었을 뿐 어디서 어떻게 살고 있는지 알 길이 없었다. 원래 '딸자식은 출가외인'이라 했다. 시집가면 친정과 담을 쌓게 마련이었다. 부모님 장례도 이웃 주민들이 치러줬다고 했다. 자식 된 도리도 못 하고 막심한 불효를 저지른 그는 이웃 주민들에게도 큰 죄를 지었다. 죄인도 그런 죄인이 없었다.

스스로 죄의식에서 벗어나지 못한 그는 우선 이웃 어르신들을 찾아가 사죄드리고 속죄의 길을 걷기로 결심한다. 먼저 바깥출입을 일체 삼가고 은둔거사로 시묘侍墓살이에 들어갔다. 그것만이 불효를 씻는 길이라고 판단했기 때문이다. 수중에 당분간 먹고살 돈은 챙기고 왔지만 지난 일을 돌이켜 보면 너무도 후회스러웠다. 애초

돈을 벌어 지독한 가난에서 벗어나겠다고 일본으로 건너갔지만 엉뚱하게도 야쿠자계에 휩쓸리고 말았다.

진즉에 약은 마음으로 이재理財에 눈을 돌렸더라면 고향 후배 이채희처럼 떼돈을 벌었을 것이다. 그러나 그는 애초부터 돈에 대한 욕심은 꿈도 꾸지 않았다. 한몫 단단히 챙기고 밀항선을 탄 채희는 어떻게 살아가고 있을까? 같은 경산 바닥에서 수소문하면 당장 만날 수 있을지도 모른다. 문득 채희가 보고 싶어졌다. 빨갱이 고수 한덕수의 소개로 채희를 만났지만, 그는 이념에 물들지 않은 자유인이었다. 하지만 용주는 채희와 고향 선후배 관계 외에는 갈 길이 달라도 너무 달랐다.

자본주의 냄새를 물씬 풍기는 이채희는 비좁은 고향 바닥에 발붙이고 살아갈 위인이 아니었다. 어쩌면 대처에 나가 일본에서 챙겨온 거액을 밑천으로 돈 놓고 돈 먹는 사업을 일으켜 돈방석에 앉아 있을지도 몰랐다. 아니나 다를까, 그는 귀국한 후 대구로 나와 도심지 번화가 향촌동 길목인 대안동에서 성업 중이던 규모가 제법 큰 목욕탕을 인수했다. 일본의 고급 온천탕처럼 히노키(편백) 목욕탕으로 리모델링하고 문을 열어보니 예상외로 장사가 잘되었다.

히노키탕이란 편백나무를 깎아 만든 욕조. 뜨거운 열탕과 차디찬 냉탕을 번갈아 오가며 건강을 다지는 일종의 사우나를 말한다. 일제강점기 인근 북성로에 일본인이 운영하던 아사히 목욕탕朝日湯이 있었으나 8 · 15해방 이후 철수하는 바람에 한동안 대구 시내에서 히노키탕은 구경할 수 없었다. 그러던 것이 일본에서 돌아온 이채희가 다시 히노키 붐을 일으킨 것이다.

1960년대 말에는 한발 더 나아가 성업 중인 히노키탕 위에 지상 5층 규모의 호텔 건물도 세웠다. 도쿄 긴자마치의 오야마 료칸을 모델로 삼은 대중목욕탕을 겸한 고급 숙박시설이었다. 호텔 이름은 사보이Savoy. 사보이란 11세기 이탈리아 도시국가를 통일한 움베르토 왕가의 옛 이름이지만 일본 도쿄 간사이 지역 관광특구 시부야의 영어 표기이기도 하다. 우리나라에도 서울 충무로 입구에 사보이 호텔이 있다.

채희가 대구에 호텔을 신축하면서 상호를 굳이 '사보이'로 고집한 것은 도쿄 시부야를 표방하고 싶었기 때문이다. 게다가 그의 사업을 돕던 장조카 이승규(1945~)도 신축 호텔 이름을 '사보이로 짓자'고 적극 권유했다. 채희는 호텔이 완공되자 경영권을 아예 장조카 승규에게 위임했다. 승규가 대구의 마당발이었기 때문이다. 그는 중학교 때부터 학폭 1진으로 뛴 어깨 출신으로 삼촌 대신 사보이 호텔을 경영하면서도 1970년대엔 유명한 '동성로파'를 이끌었다.

이채희는 그렇다 치고 신띠이(신도환)는 어떻게 되었을까? 조센진으로 보기 드물게 강도관 천람대회에서 유도 5단에 승단한 그는 고향에서 학병 소집영장이 나왔다는 전보를 받고 귀국길에 오른 후 박용주와 소식이 끊겼다. 그러다가 용주도 마지막으로 귀국선을 탄 것이다. 그동안 우여곡절도 많았지만 용주는 평소 아끼던 후배들의 소식도 모르고 스스로 팔공산 자락 누옥에 갇혀 은둔거사로 살아가고 있다.

그는 처음부터 길을 잘못 선택했다. 엉뚱하게 야쿠자계에 몸담아 다이묘가 시도 때도 없이 쥐여주는 뭉칫돈에 혹해 돈 아까운 줄 모르고 펑펑 쓰기만 했다. 차라리 그 돈을 모아 고향의 부모님께 보내드렸더라면 논밭도 사고 대궐 같은 집을 짓고 호의호식하며 장수하셨을 텐데 고작해야 생활비 정도만 송금했을 뿐이었다. 비록 검은 돈이었지만 그 당시 주체할 수 없을 정도로 돈이 들어왔다. 특히 긴자구미 오야붕 히라타가 유흥가에서 수금한 상납금을 떼어 수시로 보태주는 용돈만도 상당했다.

그래서 그는 젊은 나이에 땀 흘려 돈 한 푼 벌어본 일이 없었다. 다이묘 오야마를 스승으로 받들며 허랑방탕하게 세월만 죽였던 것이다. 그러다가 영원한 태양의 제국으로 알았던 일본이 패망하고 다이묘마저 배를 갈라 자결하자 모든 것이 무위無爲로 돌아가고 말았다. 야쿠자계에 계속 머무를 수도 있었지만 새로운 다이묘 선출을 앞두고 또 헤게모니 쟁탈전에 휘말려 피를 볼 우려도 없지 않았다.

더구나 그는 일본의 압제에서 벗어난 조센진 신분이 아닌가. 자칫하다간 과격한 야쿠자들의 보복을 당할지도 몰랐다. 그는 야쿠자들에게 너무 많은 한을 심어주었다. 특히 요코하마의 기토구미 오야붕 미시마 일당은 이빨을 깨물며 복수의 칼날을 갈고 있을 것이다. 그는 애초부터 간토 대지진 때 일본인들이 조선인 대학살의 도구로 삼았던 닛폰도를 끔찍하게 여겼다. 그래서 그는 오야마 의숙 입문 후 한 번도 닛폰도를 잡지 않고 강도관에서 유도만 했던 것이다. 그가 모든 것을 내려놓고 귀국을 결심한 이유다.

까짓것 산 입에 거미줄 치랴. 이젠 새로운 삶을 시작해야 한다. 불효를 씻는 3년 시묘살이가 끝나면 막노동판에라도 나가 땀 흘려 돈을 벌어야 한다고 다짐했다. 단 몇 푼이라도 땀 흘려 번 돈이 가장 값진 돈이라고 생각했기 때문이다. 30대 중반의 나이지만 아직도 20대 못지않게 등짐 나르는 힘이 남아 있다. 하다못해 반야월역에 나가 석탄 하역작업이라도 할 요량이었다. 반야월역에는 일제강점기부터 운영하던 석탄 하치장이 계속 운영되고 있었다.

1950년 6월 25일 새벽. 삼라만상이 잠든 고요한 아침의 나라에 또다시 날벼락이 떨어졌다. 선전포고도 없는 전쟁. 소련제 스탈린포와 로켓포, 박격포로 중무장한 북한 공산집단 30만 병력이 T-34 탱크를 앞세우고 38선을 돌파, 파죽지세로 남침해온 것이다. 용주가 부모님 3년 상을 마치고 굴건제복屈巾祭服을 벗은 시점이었다.

그 당시 10만 병력도 안 되는 우리 국군은 탱크 한 대 없이 주한미군이 군정을 끝내고 떠날 때 남기고 간 야포와 기본무기만으로 38선을 방어하고 있었다. 그러니 북의 어마어마한 무력도발에 아군 방어선이 무너질 수밖에 없지 않은가 말이다. 적의 남침 사흘 만에 수도 서울이 함락되고 개전 이래 내내 쫓기기만 하던 우리 국군은 낙동강까지 밀려나 7월 하순에서야 최후의 방어선을 구축할 수 있었다. 북괴군의 불법 남침 한 달 만이다. 그사이 전 국토가 유린당하고 대구 · 부산 · 제주만 남은 상황이었다.

풍전등화에 놓인 대구에는 피란민들이 넘쳐나고 거리마다 10대 후반 20대 초반의 젊은 청년들이 혈서를 쓰고 앞다퉈 군에 입대했다. 학생들도 펜 대신 총을 들고 학도병으로, 소년병으로 최전선에 투입되었다. 일제강점기 나라 잃은 설움을 삼켰던 온 국민이 '절대 나라를 빼앗기지 않겠다'며 결연한 의지로 궐기했다. 불과 2년 전 유엔 결의에 따라 대한민국 단독 정부가 수립될 때 '뭉치면 살고 흩어지면 죽는다'고 강조하던 이승만 대통령의 말대로 온 국민이 살아남기 위해 한마음 한뜻이 된 것이다.

박용주도 이런 소식을 접하고 강 건너 불구경하듯 그냥 앉아 있을 수만은 없었다. 그는 이미 징집 대상에서 벗어난 중년의 나이였지만 나라를 위해 해야 할 또 다른 일이 남아 있었다. 보국대報國隊! 문자 그대로 국가에 보답한다는 뜻이다. 비전투원으로 전선에 나가 주먹밥과 탄약을 지게에 지고 전투병들이 싸우고 있는 고지까지 실어 나르는 매우 위험한 일이기도 했다. 이른바 지게부대! 그런데도 중년층 지원자가 많았다. 백척간두에 선 이 나라에 아직도 희망이 있다는 증거다.

빈 지게를 어깨에 메고 집을 나선 그는 느닷없이 귀환 동포 임시 수용소에서 만났던 지게꾼 맹이 생각을 떠올렸다. '글마(그 녀석)는 지금 어데 있노. 죽었나, 살았나? 진짜 빨갱이가 됐나?' 우리 백성들은 예부터 나라가 위태로울 때 의병을 일으키고 목숨 바쳐 나라를 구한 의로운 민족이었다. 일제강점기 나라를 위해 아무것도 한 일이 없었던 그는 그동안 자괴감에서 벗어나지 못해 마음고생이 심했다. 이럴 때 막노동판에 나가 돈 벌겠다는 마음을 접고 보국대에 입대하기로 결심한 것이다.

하여 그가 달려간 곳은 경북 칠곡군 다부동 전선. 백선엽 장군이 지휘하는 국군 제1사단이 낙동강을 도하해 대구를 점령하려는 북괴군 3개 사단의 파상공격을 혈전으로 저지하고 있는 최후의 방어선이었다. 국군의 후방기지가 주둔해 있는 칠곡국민학교에서 가산 산성을 넘으면 바로 유학산이 나타난다. 하루에도 주인이 몇 번씩 바뀐다는 최대 격전지.

용주가 빈 지게를 어깨에 메고 이곳에 도착했을 때 포탄이 비 오듯 쏟아지고 산마루는 나무 한 그루, 풀 한 포기 찾아볼 수 없는 민둥산으로 변해 있었다. 피아간 치열한 포격전이 남긴 흔적이었다. 그가 소속된 보국대는 이 유학산 고지 아래에 설치된 병참 캠프, 이곳에서 전투복 한 벌씩 얻어 입고 취사병들이 만들어 쌓아둔 주먹밥을 지게에 잔뜩 지고 비탈길을 오르내리며 고지전에 돌입해 있는 전투병들에게 갖다 날랐다. 먹어야 기운을 차리고 싸울 것 아닌가.

여기에다 실탄과 탄약까지 차고 고지를 오르내렸다. 곳곳에서 포탄이 작렬하고 유탄이 날아와 짐 지게 진 채 쓰러지는 사람도 한둘이 아니었다. 그는 그런 처절한 상황 속에서 남보다 두 배나 많은 짐을 진 채 겁도 없이 탄막을 뚫고 날다람쥐처럼 산을 탔다. 어릴 때부터 팔공산 자락에서 우거진 솔밭을 타고 다닌 경험이 풍부했기 때문이다.

그가 고지에 올라 전투상황이 잠시 소강상태로 접어들었을 때 전투병들에게 일일이 주먹밥을 배식하다가 마침 장병들을 격려하며 전선을 순시하던 백선엽 사단장과 마주쳤다. 얼핏 보아 젊은 장군이었다. 그 후에 알게 되었지만, 자신보다 다섯 살이나 아래였다. 1920년생. 그런데도 노련한 지휘관답게 눈빛이 예리하고 위엄이 있어 보였다.

백 장군은 덥석 그의 손을 잡고 흔들며 고마워했다. 무거운 지게를 지고 고지를 쏜살같이 오르내리는 그를 '유심히 지켜봤노라'며 격려도 아끼지 않았다. 장군을 수행하던 정훈병이 그 모습을 순간적으로 카메라에 담았다. 그는 고지에서 배식을 마치자마자 빈 지게를 지고 미끄러지듯 산비탈을 내려오면서 잠시 전 만났던 백 장군의 모습을 다시 떠올렸다.

'불과 서른 살밖에 안 된 사람이 별 달고 장군이 돼 수만 병력을 지휘하는데 내(나)는 그동안 뭐했노? 왜놈 깡패 두목의 똘마이(니) 밖에 한 기(게) 없다 아이가. 한심한 놈!'

자책감에서 마음속으로 자문자답해 보니 자신의 처지가 너무도 한심스러워 한숨밖에 나오지 않았다.

병참 캠프 지게부대로 돌아오자 뜻밖에도 낯선 손님이 기다리고 있었다. 계급장도 없는 전투복 차림에 군모를 눌러쓰고 〈종군작가〉라는 완장만 찬 행색이었다. 좀 특이한 콧수염과 턱수염이 멋을 풍겼다, 시인 구상(1919~2004)이라고 했다. 처음 들어보는 이름이지만 문단에선 널리 알려진 시인이었다. '시인이 시나 쓰고 있지 위험한 전쟁터에는 왜 나대고 다니나?' 퍼뜩 그런 생각도 들었다.

그러나 그게 아니었다. 그는 유명한 시인일 뿐만 아니라 언론인이기도 했다. 그 당시 전쟁통에 가판街販으로 날개 돋친 듯 팔려나가던 '내일 아침 영남일보' 편집국장. 신문사 편집국장은 원래 데스크를 지키며 신문 제작을 총지휘한다지만 이 별난 편집국장은 종군기자단도 아닌 종군작가단에 합류해 거의 매일이다시피 전선을 누볐다. 희비쌍곡선喜悲雙曲線이 엇갈린 전쟁터의 르포를 신문 지면에 반영하고 있었다.

그런 그가 박용주라는 지게부대 대원이 남달리 무거운 짐을 지고 총탄이 비 오듯 쏟아지는 고지를 오르내리며 허기진 전투병들에게 주먹밥을 일일이 챙겨 먹인다는 소식을 전해 듣고 찾아온 것이다. 그 이튿날 박용주의 인터뷰 기사는 지게를 지고 백선엽 장군과 악수하는 모습이 담긴 사진과 함께 영남일보 지면에 대문짝만하게 실렸다. 구상이 특종한 이 기사는 경쟁지들이 일제히 인용, 보도했다.

박용주는 이 인연으로 구상 시인과 평생 친구가 되고 그동안 잊혔던 근황이 알려지면서 그동안 소식 끊긴 지인들과도 연락이 닿았다. 언론의 위력을 새삼 실감했다.

그로부터 3개월이 지난 1950년 9월 15일. 유엔군의 역사적인 인천상륙작전이 성공하면서 허리가 잘린 북괴군 전선사령부가 패퇴일로를 치닫다가 김일성의 후퇴명령에 따라 일제히 퇴각작전에 돌입한다. 낙동강 전선에 포진했던 북괴군 3개 사단도 국군 1사단의 강력한 반격에 밀려 2만여 명의 사상자를 내고 지리멸렬하고 말았다. 마침내 승기를 잡은 천하 제1사단은 북진의 선봉으로 원한의 38선을 넘어 적도 평양 탈환에 첫발을 내딛는다. 백선엽 장군이 전쟁 영웅이 된 연유다.

이후 낙동강 전선에 배치되었던 지게부대가 해산하고 귀향한 박용주는 영남일보를 통해 자신의 소재를 수소문하던 신띠이(신도환)도 만나고 이채희와도 연락이 닿았다. 일본 도쿄에서 헤어진 후 소식이 끊겼던 신띠이는 학병에 끌려가지 않으려고 만주로 달아났다가 2년 만에 8 · 15해방을 맞아 귀국했다고 한다. 모교인 대구 계성학교 교사가 되었으나 순조롭지 못한 교단생활이었다.

10 · 1 폭동 사건에 휩쓸린 제자들의 시위를 막으려다 좌익 학생단체의 도끼 테러를 당해 목덜미가 반이나 쪼개지는 중상을 입었다고 했다. 그가 메이지대 선배 박용주를 만났을 때엔 대한체육회 이사로 자리를 옮겨 후진 양성에 힘쓰고 있었다.

이채희는 역시 예측했던 대로 전쟁 특수를 누리며 돈방석에 앉아 있었다. 무슨 사업을 하는지 본인이 밝히지 않아 알 수 없지만, 그는 은둔거사이던 고향 선배를 찾아와 '용돈이나 하라'며 이승만 대통령 초상화가 찍힌 뭉칫돈부터 내놨다. 그러고는 '앞으로 생활비를 대줄 테니 먹고 사는 걱정은 마시라'며 생색을 냈다. 새삼 끈끈한 선후배 간의 우정을 실감했다.

그로부터 2년 후 전쟁상황이 38선을 경계로 교착상태에 빠지고 판문점에선 연일 군사정전회담이 열리고 있었다. 임시수도 부산에 있던 정부가 서울로 환도하고 그 무렵 부산에서 피란살이 하던 시라소니도 대구로 올라왔다. 마침 만주 룽징에서 기약 없이 헤어진 용사마 박용주가 생각나 '잠시 얼굴이나 봐야겠다'며 물어물어 팔공산 자락 누옥으로 찾아간 것이다. 만나자 이별이라고 룽징에서 한 판 뜨고 술 한 잔 마시고 헤어진 지 10년 만이다.

용주는 그동안 잊고 지냈던 시라소니가 뜻밖에도 찾아와 얼굴을 내밀자 후닥닥 놀라 나자빠질 뻔했다.

"이기(이게), 누고. 죽은 귀신이 찾아왔나?"

"기래, 맞아. 내레 죽은 귀신 시라소니야. 하하."

둘은 와락 끌어안고 서로 등을 토닥일 뿐 정작 할 말을 잊었다.

그동안 시라소니의 인생도 파란만장했다. 그는 8 · 15광복 이후 북반부에 소련군이 진주하고 공산 정권이 들어서면서 반동분자로 몰려 인민재판에 끌려가던 중 극적으로 탈출해 혈혈단신 월남했다고 한다. 서울에 정착한 후 아북 출신 반공청년단체인 서북청년단에 들어가 감찰부장을 지내고 건국 이후엔 제헌국회 의장 신익희의 경호실장을 지냈다. 하지만 야인으로 돌아와 아예 조직에 몸담지 않고 독불장군처럼 혼자 협객으로 일관했다는 거였다.

그러면서 운이 좋아 고생은 별로 하지 않고 부산 피란 시절에도 '풍족하게 살았다'며 불쑥 뭉칫돈을 내놨다. 보기 드문 빳빳한 한국은행 발행 신권. '만주 룽징에서 진 빚을 갚는다'고 했다. 용주는 까마득하게 잊고 지냈으나 그는 똑똑히 기억하고 있었다. 룽징역 플랫폼에서 헤어질 때 용주가 그의 호주머니에 찔러준 뭉칫돈! 용주는 어쩌다 돈방석에 앉은 기분이었다. 사나이 의리가 이런 것인가?

15. 인연

15
인 연

박용주는 시라소니가 건넨 빳빳한 뭉칫돈을 보고 내심 별의별 생각이 다 들었다. '혹여 한국은행을 턴 것은 아닐 테고 부산에서 밀수로 떼돈을 벌었나?' 밀수라면 시라소니가 도사 아닌가 말이다. 개성 인삼을 만주로 밀반출해 '불로초'라며 중국 마피아 삼합회에 넘긴 관록이 있다. 그래서 돈의 출처가 궁금해 은근슬쩍 눙치며 물어봤다.

"어이. 시라소니! 이거 밀수한 돈 아이가?"

"밀수? 하하. 기래 무역회사에서 나온 돈이니끼니 밀수한 돈이라구 해두 무방하갔디. 야야, 하디만 말이야. 이 돈이레 깨끗한 돈이니끼니 걱뎡(걱정) 말구서리 펑펑 써보라우. 내레 이런 돈, 또 언제 생길디 모르니끼니. 하하."

시라소니의 말인즉슨 삼성물산 이병철 사장(1910~1987)이 준 돈이라고 했다. 이 사장과는 호형호제하는 아주 돈독한 사이라는 거였다.

이병철과 시라소니의 인연은 1948년 대한민국 건국 시절로 올라간다. 대구에서 삼성상회를 창업해 제분 · 제면 · 양조업으로 일약 거부가 된 이병철이 그 무렵 서울로 올라가 삼성물산을 설립하고 국제무역업에 뛰어든다. 도심지 번화가인 종로 한복판에 200평 규모의 사무실을 내고 직원도 30여 명이나 거느렸다. 그 당시론 제법 규모가 큰 회사였다.

개업 1년 만에 일제강점기부터 승승장구해온 친일 기업 화신산업과 천우상사를 제치고 당당히 무역업계 1위 자리에 오른다. 사업에 관한 한 이병철은 타의 추종을 불허하는 귀재鬼才였다. 그러던 어느 날 해방공간 군정 시절 38선에서 미 · 소 공동위원회의 승인을 받아 남북 교역을 주도했던 조선상사 대표 성시백이 사전 연락도 없이 이병철을 찾아온다.

그는 느닷없이 중국 칭다오를 거점으로 '대중對中 무역을 동업하자'고 이병철에게 제안한다. 알고 보니 성시백은 대구 10 · 1 폭동 사건을 일으키고 자진 월북한 이병철의 죽마고우 이순근이 보낸 거물 간첩이었다. 이순근은 이병철의 고향 친구인데다 일본 와세다대학 동문. 이병철이 1938년 대구에서 삼성상회를 창업할 때 지배인(전문경영인)을 맡아 경영에도 적극 참여했던 인물이다. 삼성의 역사에서 이미 지워졌지만 따지고 보면 창업 공신 1호인 셈이다.

그런 그가 도쿄 유학 시절 이병철과 함께 하숙하며 신사상新思想(코민테른)에 물들어 마르크스와 엥겔스를 탐독하고 사회주의 운동권에 휩쓸려 친구 이병철을 포섭 대상자로 삼았다. 하지만 누대에 걸쳐 지주계급으로 살아온 이병철은 절대 흔들리지 않았다. 중도에 유학을 포기하고 귀국해 삼성상회를 창업할 때 또다시 그를 만났지만 순수한 친구이자 동업자로 예우했다. 그러나 그는 8 · 15 해방이 되자 7년간 동고동락해온 친구에게 등을 돌리고 회사를 떠난다.

이순근은 어쩌면 일제강점기 자신이 몸담았던 삼성상회를 고등계의 사찰을 피하는 비트(비밀 아지트)로 이용했는지도 몰랐다. 해방 이듬해 남로당 산하 민전(민주주의 민족전선)을 전위대로 앞세워 10 · 1 폭동사건을 주도하고 경찰에 쫓기자 자진 월북했기 때문이다. 그는 북한 공산 정권 수립 당시 남로당 당수 박헌영의 천거로 농업성 부상(농림부 차관)에 올랐다. 그러고도 옛 친구 이병철을 포섭하기 위해 거물 간첩까지 침투시킨 것이다.

이병철은 신변의 위협을 느낀 나머지 일이 손에 잡히지 않아 평소 알고 지내던 종로 오야붕 긴또깡(김두한)을 찾아가 신변 보호를 요청하고 마침 종로에서 홀로 떠돌던 시라소니를 소개받게 된다. 평소 무역업에 관심이 많았던 시라소니는 수인사를 건네며 나이가 자신보다 여섯 살이나 많은 이병철을 깎듯이 '형님'으로 모신다. 출퇴근길은 물론 회사에서도 철통같은 그림자 경호로 이병철을 지켰다. 둘이 한 몸처럼 움직이며 의형제가 된 이유다.

그는 1 · 4 후퇴 이후 이병철이 부산에 내려가 삼성물산을 재건할 때도 깊은 관계를 유지했다. 이후 이병철은 피란 수도 부산에서 삼성물산을 재건하고 국내 최초로 수입대체산업인 제당업에도 진출한다. 제일제당 설립. 제당업 역시 크게 성공하자 그다음에는 창업지인 대구에서 제일모직을 설립한다. 혼란한 전쟁 중에도 일으키는 사업마다 승승장구했다. 이후 전시 상황도 점차 안정되어갔다. 특히 대구는 이병철에게 절대적인 안전지대였다.

그래서 시라소니의 신변 경호를 받지 않아도 자유롭게 요정 출입도 할 수 있었다. 시라소니는 이젠 떠나도 되겠다 싶어 이병철을 독대하고 혼자 서울로 올라가게 된 것이다. 그가 박용주에게 뭉칫돈을 건넨 것도 이병철에게서 받은 서울 정착 자금 중 일부라고 했다. 아마도 거액일 것이다. 이병철은 원래 신뢰하는 사람에겐 돈을 계산하지 않고 준다고 했다. 생각나는 대로 거액의 현금이나 수표를 끊어줄 만큼 배포가 큰 사람이었다.

박용주는 그제야 이승만 대통령의 초상화가 찍힌 빳빳한 한국은행권의 출처를 이해할 수 있었다. 아마도 요즘의 세종대왕(만 원권)보다 더 가치가 있을 것이다. 어쨌든 그는 구상 덕에 영남일보를 통해 그동안 잊었던 지인들에게 자신의 소식을 알리고 극적인 해후상봉을 이룬 것만도 큰 행운이었다. 그야말로 언론의 위력이 대단하다는 사실을 실감했다. 그러고 보니 이런 행운을 가져다준 구상이 그럴 수 없이 고마웠다.

박용주는 시라소니와 헤어진 후 문득 구상이 보고 싶어졌다. 다부동 전선에서 만나 인터뷰한 뒤 2년 동안 한 번도 찾지 못했다. 한 번 찾아가 인사라도 하고 싶었지만 어쩐지 세상을 훤히 꿰뚫어 보는 구상의 당당한 모습에 주눅이 들어 쉬이 접근하기 두려웠다. 총탄도 피해 간다는 천하제일의 협객 박용주가 두려워하는 사람이 있다니 놀라운 일이 아닌가.

게다가 그를 만나 이야기를 나누다가 우연찮게 과거사가 들통날 우려도 없지 않았다. 일본 야쿠자계의 전설 도쿄 다츠가 사람을 두

러워한 적은 그때가 처음이었다. 그 대상자가 하필이면 구상이라니? 그래서 속마음으론 한 번 찾아간다면서도 차일피일 미루다가 때를 놓치고 말았다.

솔직히 용주는 그 당시 정신적으로도 그만큼 구차했다. 하여 이번에는 기필코 용기를 내 찾아가 고맙다는 인사나 전하고 저녁이라도 한 끼 대접하고 싶었다. 이심전심이랄까, 구상은 구상대로 박용주를 한번 만나 보고 싶어 했다. 이미 간접적으로나마 그의 신상을 훤히 꿰고 있었기 때문이다. 신문을 보고 그의 소재를 알아보려고 찾아온 신띠이를 통해 도쿄 다츠 시절을 소상하게 들었고 시라소니와는 전화 통화로 만주 룽징 시절의 일화를 듣고 한낱 지게꾼으로만 알았던 그가 대단한 인물임을 확인할 수 있었다.

하여 구상은 언론인 특유의 취재 본능이 발동해 한때 일본 야쿠자계의 전설적인 협객 박용주의 흥미로운 인생 스토리를 탐색하고 싶었다. 그래서 조만간 초야에 묻혀 살아가는 그를 한 번 찾아가 베일에 싸인 이야기를 직접 들어보려던 참이었다. 그런데 한창 편집 마감에 쫓기던 시간에 난데없이 그가 불쑥 나타난 것이다. 깜짝 놀란 구상이 자리에서 벌떡 일어나 반색을 하며 먼저 손을 내밀었다.

"허억, 깡패!"

"…?"

용주는 속으론 불쾌했으나 어쩐지 순수한 구상의 태도가 밉지 않아 손을 맞잡고 악수를 나누며 싱긋이 웃음을 흘렸다. 다부동 전선에서 봤던 콧수염과 턱수염이 여전히 매력 포인트로 다가왔다.

오가다 옷깃만 스쳐도 인연이라고 하지 않던가. 원래 배포가 큰 구상은 처음 만난 사람을 보고도 신분이나 나이 같은 거 따지지 않고 만만하게 대하며 정을 베푸는 습성이 몸에 배어 있었다. 그래서 박용주와 극적으로 재회하면서도 숫제 절친처럼 거리낌이 없었다. 그런 분위기는 으레 구상이 이끌어갔다.

"반가우이. 깡패! 그러잖아도 한 번 찾아가 볼까 했는데 마침 잘 왔군. 고마워."

겨우 두 번째 만남인데 구상은 마치 일상으로 마주치는 친구처럼 너무도 편안하게 대했다.

그는 용주보다 네 살이나 아래였다. 그런데도 어찌 보면 오만한 것 같기도 하지만 그 시절엔 열 살 차이도 친구처럼 지내는 경우가 많았다. 그래서일까, 초면에 만나 수인사를 나누다가 나이를 따질 때 '10년 차이도 정 붙이면 친구'라는 말도 생겨났다. 박용주와 구상은 이때부터 허물없는 평생 친구로 발전한다. 그러나 정치 성향이 강한 신띠이는 세 살 터울인 구상을 평생 형님으로 모셨다.

구상은 편집국장 석 뒤편 낡은 소파로 그를 안내하면서 그곳에 앉아 있는 또 다른 친구를 소개했다.

“여긴 내 형제 같은 친구 환쟁이야. 앞으로 자주 만나게 될지도 몰라. 깡패와 환쟁이! 극대 극이지만 정서적으로 궁합이 맞으면 좋은 친구가 될 거야. 하하.”

구상은 그렇게 말머리를 돌리며 너털웃음을 흘렸다.

환쟁이라면 그림 그리는 화가? 통성명을 하고 보니 황소 그림으로 유명한 이중섭(1916~1956)이라고 했다. 그러나 그는 그 당시 화단에 별로 알려지지 않았다. 더부룩한 머리에 콧수염과 턱수염을 길렀으나 구상처럼 멋으로 기른 게 아니라 구차한 삶에 지쳐 이발과 면도를 게을리한 탓이었다. 옷차림이나 행색도 용주처럼 추레했고 고독이 배어나는 예술가 특유의 우울한 표정이었다.

구상과 이중섭, 둘은 1930년대 후반 도쿄 유학 시절에 만나 절친하게 지내왔다고 했다. 구상이 세 살 아래. 독실한 가톨릭 신자인 그는 니혼대학 종교학과를 나왔지만, 이중섭은 미술전문대학인 문화학원 회화과를 나왔다. 용주가 야쿠자계에 몸담고 메이지대학에 다니며 출석부에 이름만 올려놓고 강도관에서 살다시피 할 때였다.

그래서일까, 구상이나 이중섭과 전혀 만날 기회가 없어 뒤늦게 대구에서 만난 것이다. 구상은 서울에서 태어났으나 이중섭은 함경남도 평원 태생. 평소 나이를 잘 따지는 용주보다 한 살 아래다.

구상은 편집 마감 벨을 누르고 신문사를 나와 박용주, 이중섭과 함께 천천히 발걸음을 옮겨놨다. 그들이 도착한 곳은 다치노미(선술집) 골목으로 유명한 향촌동. 전란 중임에도 다치노미 뿐만 아니라 스시(초밥), 그릴(양식당)에다 댄스홀까지 없는 것 없이 흥청거렸다. 용주는 세상 물정 모르던 어린 시절 대구 교남학교에 다니다가 서울 중동학교로 전학하고 이어 일본으로 떠난 기억밖에 없어 생전 처음 보는 향촌동 골목이 별천지처럼 보였다.

구상이 그를 안내한 곳은 스시(초밥)집이 밀집한 골목. 도쿄의 긴자 뒷골목 산가쿠마치와 흡사했다. 떠나온 지 5년이 지났지만 새삼 하야시 상의 정겨운 모습이 떠올랐다. 먼저 구상의 단골 다치노미에서 선 채로 따끈한 정종을 대포로 한 잔씩 기울였다. 그러고는 일본식 스타일의 스시집으로 자리를 옮겨 사시미(생선회)를 썰어놓고 본격적인 술판을 벌이기 시작했다. 셋은 권커니 받거니 술잔을 돌리며 아련한 도쿄 시절로 돌아갔다. 주로 구상과 이중섭의 추억담이었지만 박용주는 야쿠자 시절 외에 별로 내세울 게 없어 그냥 듣기만 했다. 중섭이도 떠들썩한 구상과는 달리 말이 적은 편이었다.

이중섭은 훗날 희대의 걸작 '황소' 그림을 남긴 불세출의 화가로 널리 알려지게 되지만 6 · 25 전쟁 당시에는 거의 무명 화가로 굶기를 밥 먹듯 하며 떠돌았다. 그의 사후死後 반세기가 훌쩍 지나간 작금에 황소 그림 한 점의 경매 가격이 사상 최고가인 30억 대를 호가할 정도라니 놀라울 일이 아닐 수 없다. 그의 작품에서 느끼는 특유의 발색發色과 속도감이 컬렉터들의 공통적인 구매력이기 때문이다. 강렬한 필선筆線으로 그려진 작품 속 황소의 몸짓은 마치 가슴을 휘젓듯 거친 숨을 몰아쉬며 격렬하게 땅을 차고 내딛는 생동감이 넘쳐나게 한다.

현재 국내에 남아 있는 그의 작품은 모두 25점. 그중 대표작이 고개를 쳐들고 포효하듯 울부짖는 '황소'다. 여기에다 가족들과의 생이별을 사실적으로 표현한 〈집 떠나는 가족〉과 〈아이들〉 등 그가 대구에 머물던 1953~54년에 그린 작품도 포함돼 있다.

그동안 구상의 식객으로 소일하던 그는 한 1년 남짓 짧은 기간이었지만 생전 처음 만나 친구가 된 박용주의 주선으로 향촌동 수복장壽福莊 여관에 장기 투숙하면서 비교적 안정된 작업에 몰두할 수 있었다. 그 당시 여관에선 아침, 저녁 식사까지 제공했다. 일본의 료칸과 같은 형태였다.

숙박료는 용주가 전액 부담하고 술밥 간에 숙식을 함께 하며 지냈다. 중섭은 용주를 만나기 전까지 대중없이 떠돌다가 싸구려 여인숙을 찾아 하룻밤씩 묵곤 했다. 용주는 그때까지만 해도 주머니 사정이 넉넉했다. 고향 후배 이채희가 보태주는 생활비와 시라소니가 주고 간 뭉칫돈이 남아 있었기 때문이다. 그래서 중섭이 원도 한도 없이 맘껏 붓질을 할 수 있도록 화구며 각종 재료도 넉넉하게 마련해 주었다. 하릴없이 시간이 남아도는 그는 중섭이 그림 작업하는 것만 봐도 마냥 즐거웠다.

그래서 그는 자연스럽게 중섭의 작업 과정을 어깨 너머로 지켜보며 단편적이나마 그림 그리는 솜씨도 익혔다. 그가 살아온 거친 세계와는 전혀 다른 정서적인 낭만이었다. 감히 어림없는 수작이었지만 영남일보 편집국장 석에서 처음으로 중섭과 수인사를 나눌 때 '화가와 깡패! 둘이 친구로 지내다 보면 궁합이 맞을 거라'는 구상의 말이 무슨 예언처럼 울려왔다.

그러나 시인과 화가는 찰떡궁합이 될지 몰라도 깡패와는 거리가 멀어도 한참 멀었다. 시인은 시를 짓고 화가는 그림을 그리고 함께 어우러져 흔히 시화전詩畫展을 열기도 하지만 주먹 잘 쓰는 깡패와는 아예 격이 안 맞고 별 볼일이 없기 때문이다. 하여 용주는 한동안 중섭의 작업에 접근하지 못하고 시다바리 노릇을 하며 눈치만 봤다. 중섭이 화업畫業에 몰입해 있을 때마다 조심스러워 방구석에 뒹굴며 구상의 시집만 열독했다.

그러다가 문득 시상이 떠오르면 손수첩을 꺼내 습작하는 버릇도 생겼다. 배운 게 주먹치기와 발차기밖에 없는 그의 엄청난 정서적 변화였다. 구상이 바쁘다는 핑계로 숫제 토박이 깡패에게 객꾼 환쟁이를 붙여준 덕분이기도 했다. 구상은 선약先約이 없을 때 으레 둘을 찾아와 단골 다치노미나 스시집에서 대작할 때도 있었지만 신문사 편집국장의 위세가 대단해 평소 술자리 선약이 많았다. 때문에 용주와 중섭은 그를 일주일에 한두 번밖에 만나지 못했다.

게다가 구상은 종군작가단에서 함께 활동했던 피란 문인들과도 자주 어울려 위로주를 나누는 것도 빠뜨리지 않았다. 쥐뿔도 없으면서 가는 곳마다 외상장부 걸어놓고 바쁘게 살았다. 그러니 극과 극의 존재인 화가와 깡패가 자연 단짝이 될 수밖에 없었던 것이다.

스산한 가을바람이 부는 어느 날 하루는 구상이 모처럼 초저녁에 수복장으로 찾아와 셋이서 단골 스시집으로 갔다. 자리에 앉아 사시미를 썰어놓고 따끈한 히레 사케를 마시는데 난데없이 불청객이 불쑥 나타났다. 생판 처음 보는 낯선 얼굴. 그자는 사전에 아무 양해도 구하지 않고 4인석 테이블의 빈자리에 털썩 주저앉았다. 박용주의 옆자리.

추레한 얼굴에 이미 취기가 돌고 있었다. 어리둥절해하는 용주를 툭, 쏘아보며 숫제 시비조로 나왔다.

“야, 니만 묵지 말고 내도 같이 묵자!”

이때 질겁을 하고 다가온 식당 주인이 그를 일으켜 세우며 통사정을 했다.

“헹님! 손님한테 이카지 말고 일어나이소. 내가 한 잔 대접하겠심더.”

“놔라, 일마(인마)가 건방지게 내를 째려본다 아이가.”

고갯짓으로 용주를 가리켰다.

“야야, 일마! 함부로 까불지 말고 그만 가거래이.”

용주가 보기에 가당찮아 비웃음을 흘리며 점잖게 타일렀다.

그러나 그는 여전히 용주에게 눈을 흘기며 한 판 붙을 요량으로 물러서지 않았다.

“야, 일마! 니, 내가 누군지 모르제. 내가 바로 일제 때 정복수와 붙은 권투선수 도쿠야마 탱고 아이가. 내 주먹, 맛 좀 볼래?”

이 말에 버럭 화가 치민 용주가 앉은 자리에서 돌주먹을 쳐올려 정확하게 도쿠야마의 턱을 강타했다. 순간 의자에 앉은 채로 벌렁 나동그라진 도쿠야마는 더 이상 일어나지 못하고 큰 대짜로 뻗어버렸다.

알고 보니 그는 향촌동 바닥에서 무위도식하는 권투선수 출신 건달이라고 했다. 일본식 링네임이 도쿠야마 탱고. 일제강점기 미들급 챔피언 정복수의 스파링 파트너 경력을 자랑하며 향촌동 상가를 누비고 심지어 손님들까지 괴롭히며 공짜 술을 얻어먹기 일쑤라고 했다. 권투선수 출신인지 아닌지는 확인할 수 없지만 셋은 그 자리에 그대로 앉아 아무 일도 없었다는 듯 즐겁게 술잔을 기울였다.

“어이, 오야붕! 가짜 깡패가 진짜 깡패한테 함부로 까불다가 혼쫄이 났구먼그려. 하하. 그 자식, 오늘 임자 만났어.”

자리에 앉은 채 눈 깜짝할 사이에 돌주먹을 날리는 용주에게 감탄한 구상의 짓궂은 농담. 도쿠야마는 그날 이후 향촌동 근처에 얼씬도 하지 않았다.

16. 시인과 화가와 깡패

16

시인과 화가와 깡패

이중섭의 아내는 도쿄 유학 시절에 만나 결혼한 일본인 야마모토 마사코 상. 한국 이름은 이남덕이다. 중섭은 수복장에서 용주와 겸상을 하고 반주 한 잔씩 들이켤 때마다 '마사코가 해주던 밥이 생각난다'고 넋두리며 헤어진 아내를 그리워했다. 그가 쉬이 잊지 못하는 아내 마사코는 두 아들을 데리고 일본으로 건너가 도쿄의 친정집에 얹혀살고 있다는 거였다. 그는 술이 한 잔씩 들어가면 으레 가족을 떠나보낸 죄밑이 돼 자신의 무능을 한탄했다.

그는 일본에서 신접살림을 차리고 작품 활동을 하던 중 8 · 15 광복을 맞아 아내 마사코와 두 아들을 데리고 귀국했다고 한다. 고향 가까운 원산에 정착, 중학교 미술교사로 평범하게 살아왔으나 6 · 25 남침전쟁이 발발하고 유엔군의 흥남 철수작전 때 가족과 함께 미해군 수송함을 타고 남하했다. 도착한 곳은 제주도 서귀포항.

이때부터 겨우 두 평 남짓한 방이 부엌이요, 부엌이 방인 단칸 곁방살이가 시작된 것이다.

그가 가족과 함께 막막한 피란살이를 했던 초가집은 지금 〈이중섭 기념관〉으로 변해 많은 관광객이 찾고 있다. 그의 체취가 묻어나는 단칸방 벽면에는 그 당시의 비참한 생활상을 보여주는 〈소의 말〉이라는 자작시가 걸려 있다.

〈삶은 외롭고 서글프고 괴로운 것 / 아름답도다. 여기에 맑게 두 눈 열고 가슴 환히 헤치다.〉

그래도 그때는 사랑하는 아내와 두 아들이 있어 행복했다.

하지만 굶기를 밥 먹듯 하던 아내 마사코는 그 생활을 견디다 못해 '어린 자식만이라도 살려야겠다'며 일본으로 돌아가고 중섭이 홀로 남았다. 부농의 아들로 태어나 고생을 모르고 자란 그는 이런 고통을 처음 겪는다고 했다. 그래서일까, 그는 애초부터 그림 그리는 것 말고는 어려움을 극복할 능력이 없었다. 자신의 무능을 탓하며 자괴감에 빠진 이유다.

어릴 때부터 그림에 소질을 보여 집에서 기르던 소를 화폭에 담아 왔다고 했다. 무덤덤하면서도 절규하는 듯한 소의 표정, 소울음, 소의 큰 눈에 고인 눈물을 통해 소를 함부로 부리는 인간에 대한 저항을 표현했다. 어쩌면 일제강점기 우리 민족의 저항정신을 소의 다양한 모습으로 묘사한 것인지도 모른다.

그는 일본 유학 시절에도 소 그림만 고집했다. 소는 그의 분신이자 굴곡 많은 우리 민족의 정서이기 때문이리라. 가족을 떠나보낸 와중에도 그의 소 그림 작업은 멈추지 않았다. 소 그림 외에도 떠나보낸 가족을 그리워하며 그린 것이 〈집 떠나는 가족〉. 소달구지에 가족을 태워 보내는 디아스포라의 아픔을 묘사한 작품이다.

그의 작품 주제 '소'가 우리 민족과 더불어 살아온 역사는 삼국시대로 거슬러 올라간다. 농경(農耕)시대 초기 가축으로 길들여진 소는 비록 동작이 느리긴 하지만 논갈이, 밭갈이 등 우경牛耕에 필요한 존재였고 무거운 짐을 지고 먼 길을 오가는 유일한 운반수단이었다. 그래서 소는 묵묵히 고통을 견디는 인고忍苦의 상징이기도 했다. 그렇게 인간과 떼려야 뗄 수 없는 인연을 맺어왔다.

그러나 이중섭의 '소'는 특이하다. 대표작 〈흰 소〉는 단순한 소 그림이 아닌 의인화義人化한 그의 자화상이다. 흰 소에 자신의 열정과 집념, 고뇌와 연민, 갈망과 광기, 우직함을 고스란히 쏟아부었기 때문이다. 그는 농경 시절에 태어나 살았던 사람이다. 그런 점에서 그의 소 그림은 현대 우리 사회에 특별한 의미를 부여하고 있는 것이다.

하지만 그의 소 그림은 애초부터 예술적 가치로 인정받지 못했다. 소가 흔한 가축이기 때문인지도 몰랐다. 그는 그런 소의 다양한 모습을 통해 헤어진 가족을 그리워하는 마음과 민족의 평화, 향토애 등 고단한 시대적 정서를 극복하려고 애썼다. 워낙 가난했던 탓으로 화구나 재료를 구하지 못해 기존의 틀을 깨고 길거리에 나도는 양담배 은박지에 못으로 금속의 특성을 살려 독특하고 개성이 강한 그림도 그렸다. 이른바 '은지화銀紙畵'다.

그 어렵던 시절 외롭게 홀로 떠돌다가 친구 구상을 찾아 대구에 온 그는 격에 전혀 어울리지 않는 또 다른 친구 박용주를 만나 평화롭게 다시 붓을 든 것이다. 영남일보 편집국장에서 주필이 된 구상은 그런 친구에게 작업실이라도 하나 마련해주기 위해 대구 미문화원USIS에서 초대전을 열어주었다. 그가 죽기 한 해 전인 1955년에 열린 처음이자 마지막 초대전!

그때 그의 소 그림을 접한 미문화원장 맥타카터가 '당신 작품은 출중하다. 특히 황소 그림은 마치 스페인의 투우처럼 무섭게 느껴진다.'고 했다. 그러나 중섭은 '내가 그린 소는 싸움소가 아닌 착하고 고통받는 한국 고유의 소'라고 반박했다. 맥타카터는 그의 소 그림 10점을 헐값으로 사들여 훗날 떼돈을 벌었다는 일화가 전해지고 있다.

그중 은지화 3점은 현재 뉴욕 현대미술관MOMA이 소장하고 있다. 하지만 그의 초대전은 결국 실패로 돌아가고 말았다. 국내에서 거의 알려지지 않아 사 가는 사람이 없었기 때문이다.

절망한 그는 용주가 잠깐 자리를 비운 사이 여관방 머리맡에 〈바다가 보고 싶어 떠난다〉는 쪽지 하나 남겨 놓고 사라졌다. 급히 구상에게 연락해 보니 역시 그런 투의 전화만 받았다는 거였다. 그는 그 길로 정처 없이 거리를 떠돌다가 경남 통영만으로 내려갔다. 가족과 함께 힘겹게 피란살이 했던 제주 서귀포항과 가까운 곳이다.

그는 헤어진 가족을 한시도 잊지 못했다. 통영에 도착해서도 가까운 우체국을 찾아가 아내 마사코에게 엽서 한 장을 써 보냈다.

〈사랑하는 마사코! 정말 외롭구려. 소처럼 무거운 걸음을 옮기며 안간힘을 다해 그림을 그리고 있소.〉

지극히 짧고 절절한 사연. 그가 그토록 사랑하고 보고 싶어 했던 아내 마사코에게 보낸 이 엽서가 유서로 변할 줄이야. 그는 결국 통영의 한 병원에서 행려병자로 숨을 거두고 만다.

임종을 지켜본 사람은 아무도 없었다. 너무도 쓸쓸한 죽음. 대구에서 생애 처음이자 마지막 초대전을 마치고 홀연히 떠난 지 1년이 지난 시점이었다. 40세. 인생의 황금기였지만 그에겐 너무도 가혹하고 고단한 삶이었다. 짧은 생애를 마칠 때까지 자신의 작품을 통해 자아를 표현했고 시대상을 반영하는 조형 언어로 예술을 승화시켰다.

그가 남긴 작품에는 인간과 자연에 대한 사랑이 스며 있었고 독창적인 화풍이 돋보였다. 하지만 그는 찌든 가난과 좌절과 고독 속에서 비틀거리며 소 그림만 답습하다가 홀로 죽음을 맞이하고 말았다. 온갖 악조건에서 거리를 헤매며 소 그림을 그려온 그가 대중적인 인기를 끌며 천재 화가로 알려지게 된 것은 사후 10여 년이 지난 1960년대 중반. 사회가 비교적 안정되고 미술품에 대한 인식이 달라지면서 '소' 그림을 그리다 간 불세출의 화가로 세간의 입에 오르내리게 된다. 하지만 제주도 피란 시절엔 소와 거리가 먼 아내와 두 아들 등 가족을 모델로 동화 같은 그림을 자주 그렸다. 그만큼 그는 가족을 사랑하고 소중하게 여겼다.

이중섭의 죽음을 처음 접한 사람은 역시 구상이었다. 영남일보 주필실에서 통신문으로 배달된 부고 기사를 보고 그는 대성통곡했다. 불우한 삶을 살다가 떠난 평생 친구 이중섭의 부고 통신을 보고, 또 보고 통신사에 직접 확인하고 또 확인하면서 그럴 수 없이 애통해했다.

구상은 박용주와 함께 통영으로 내려가 이중섭의 장례를 치르고 화장한 유해를 안고 대구로 돌아와 팔공산 갓바위 아래 작은 암자에 임시로 안치했다. 고인의 유해와 유품을 유족에게 당장 봉송할 길이 없었기 때문이다. 고인의 유품에서 미망인 마사코 상의 주소를 찾아냈으나 막막할 뿐이었다. 그 당시는 한 · 일 간의 국교 정상화가 이루어지지 않아 민간교류가 완전히 막힌 상태였다.

하지만 박용주가 나섰다. 비록 일 년 남짓한 짧은 기간이었지만 한솥밥을 먹고 십년지기처럼 우정을 쌓아왔기 때문이다.

그는 우선 국제전화를 넣어 도쿄 혼마치 오야붕 히라타를 수배했고 마침내 통화가 이루어져 도움을 요청했다. 히라타는 '부산에서 쓰시마(대마도) 이즈하라항까지 봉송하면 꼬붕들을 보내 인수하고 유족에게 전하겠다'고 화답했다. 그가 도쿄를 떠난 지 10년이 흘렀건만 히라타는 여전히 신의를 저버리지 않았다. 히라타의 발이 빠른 주선으로 구상은 도쿄 유학 시절부터 알고 있는 미망인 마사코 상에게 국제전화로나마 부고를 전할 수 있었다.

쓰시마 이즈하라는 한 · 일 간의 밀항 · 밀수 전진기지. 밀항 · 밀수라면 이채희가 전문이었다. 독불장군 채희는 그 무렵 대구 양키시장(현 교동시장)에서 고가의 일제 밀수품과 미군 PX 유출품 등 특정외래품을 취급하며 떼돈을 벌어들이고 있었다. 용주는 채희의 도움을 받아 자신이 이즈하라까지 직접 봉송할 심산이었다. 그래서 급히 채희를 수배했다.

오랜만에 이즈하라에서 히라타가 보낸 꼬붕들의 얼굴도 한번 보고 싶었다. 그들은 예전에 용주의 돌주먹에 한 번씩 당해 본 자들이 아닌가.

"역시 깡패 두목은 다르구먼. 하하."

용주의 시원시원한 일 처리를 옆에서 지켜보고만 있던 구상이 혀를 내두르며 감탄했다.

"어이, 글쟁이 선생 내(나) 좀 봐라. 깡패도 깡패 나름이제. 내 같은 국제 깡패 봤나?"

"그래 암, 그래서 내가 국제 깡패 오야붕 도쿄 다츠를 좋아하는 거 아니냐고. 하하."

구상은 연방 고개를 끄덕이며 흐뭇한 표정을 감추지 못했다.

그로부터 2~3일이 지나 용주는 부산 영도에서 채희의 소개로 이즈하라를 내 집 드나들듯 하는 '마사오'라는 일본 이름의 밀수 왕초를 소개받고 밀수선에 오른다. 마사오는 처음 인사를 건넬 때부터 용주를 깍듯이 대했다. 그는 밀수선을 타고 이즈하라를 오가며 '전설적인 도쿄 다츠로 소문난 박용주 큰형님을 오래전부터 알고 있었다'고 했다. 그래서 오히려 '만나 뵙게 되어 영광'이라고 한술 더 떴다. 그 덕에 용주는 이중섭의 유해를 봉송하고 무사히 돌아올 수 있었다.

이후 박용주를 대하는 구상의 태도가 싹 달라졌다. 만날 때마다 '깡패'라고 눙치던 것이 어느새 '다츠(용)'로 호칭했다. 고관대작들의 주연酒宴에 초대받았을 때도 '함께 가자'며 용주를 데리고 가 '일본 천황이 친히 관람하던 천람대회 출신 유도 5단'이라고 한 단을 더 올려 거침없이 소개하기도 했다. 때문에 용주는 어쩔 수 없이 예의를 갖추느라고 양복까지 맞춰 입고 주도酒道를 익혀야 했다.

그러나 타고난 야생마처럼 살아온 그에게 그런 호사스런 생활이 생리적으로 맞지 않았다. 하여 그는 '당분간 팔공산 누옥漏屋에서 그림 공부나 해야겠다'는 말로 구상과 의식적으로 거리를 두기 시작했다. 이중섭이 생전에 쓰던 화구와 재료를 챙겨 은둔거사로 돌아간 것이다. 풀어놓은 망아지 같은 그가 조용히 초야에 묻혀 그림 공부를 한다니 말이 되는 소리인가? 그러나 그는 틈만 나면 마당에 캔버스를 걸어놓고 이중섭의 화풍을 흉내 내는 데 집념을 쏟았다.

그가 캔버스에 옮겨 놓은 작품의 모티브는 중섭이 남긴 작품 〈아이들〉. 어렵게 살던 제주도 피란 시절 중섭이 자신의 헐벗은 두 아들을 모델로 삼아 천진난만하게 뒤엉켜 노는 장면을 나상裸像으로 그린 작품이다. 이 작품을 중섭의 초대전에서 흥미롭게 봐온 그는 캔버스에 덧칠하듯 '아이들'이 아닌 성인 남녀가 사랑을 나누는 누드화로 변형시켰다.

그러나 이 작품은 화단에 선보이자마자 '이중섭의 영혼을 팔아먹는 춘화春畫'라는 혹평이 쏟아졌다. 여기에 구상까지 끼어들어 '친구의 순수한 창작 이미지를 훼손하는 행위'라고 꾸짖었다. 때문에 구상과도 한동안 소원해지기도 했다. 그러나 그는 이단아 취급을 하는 화단의 혹평이 '유교 문화에서 나온 고루한 인습 탓'이라고 자위하며 작업을 멈추지 않았다. 그중 몇 점은 도쿄의 히라타에게 보내 개방적인 일본 평단에서 호평을 받았다.

다시 용기를 회복한 그는 가끔씩 대구 시내로 나들이 갈 때도 스케치북을 품고 다녔다. 향촌동의 다치노미집이나 스시집, 다방에서도 신명나면 연필로 스케치했다. 그중 마음에 드는 것이 있으면 집에 돌아와 캔버스에 옮기는 작업을 반복했다. 그의 스케치북에는 세상을 풍자하는 그림이 많았다. 알몸의 땡초(승려)가 아랫도리에 염주를 걸어놓고 여성을 희롱하는 그림도 있고, 가톨릭 사제가 성적 유희를 벌이는 누드화 등 성직자들을 풍자하고 조롱하는 그림도 있었다. 일본 유학에서 종교학을 전공하고 독실한 가톨릭 신자로 일관해온 구상과는 달리 그는 원래 무신앙자였다.

그런 그가 자연에 파묻혀 은둔거사로 살면서 그림 작업 외에도 틈틈이 시상詩想이 떠오르면 시작詩作에 몰두하기도 했다. 그의 시는 춘화로 혹평받은 그림과는 달리 매우 서정적이었다. 특별한 기법이나 상상력이 돋보이는 시문장이 아니라 일상에서 평범하게 바라보는 자연의 풍경을 느낀 그대로 대화체로 읊은 것이다. 대상은 어린 시절부터 놀이터가 되다시피 했던 마을 뒷산 솔밭의 노송군락.

그가 생전 처음으로 쓴 처녀작 〈신송神松〉은 이렇게 시작된다.

내 고향 팔공산 자락에 우뚝 선 소나무!

동네 사람들은 하늘을 가릴 듯한 솔가지와 무성한 솔잎을 보고 수령 오백 년이 넘었다고도 하고 천년 노송이라고도 부른다.

연세 높은 어르신들은 노송에 신이 깃들었다 하여 신송이라 부르며 마을 지킴이 당산나무로 섬긴다.

그래서일까, 동네 사람들은 지는 솔가지, 피는 솔잎을 보며 당제堂祭를 올리고 24절기를 점친다. 젯상에 오른 시루떡이 먹고 싶다.

〈젯상에 오른 시루떡이 먹고 싶다.〉는 마지막 시문장에 유머가 넘친다.

그림도 그리고 시도 짓고 이 정도만 해도 예술가가 된 게 아닌가? 그런데도 구상은 그를 만날 때마다 주저 없이 '깡패!'라고 불렀다. 차라리 '협객'으로 불러주면 듣기도 좋으련만 따지고 보면 깡패나 협객이나 그게 그거 아닌가. 구상의 입버릇이 그랬다. 구상은 원래 그런 위인이었다. 오죽하면 친형제처럼 지내온 이중섭을 보고도 화가는커녕 '환쟁이'라고 불렀겠나?

듣는 깡패(?), 화날 법도 하지만 용주는 언제나 그랬듯이 싱긋, 웃음으로 받아넘기며 구상을 향해 '글쟁이'라고 응수했다. 서로 악의 없는 호칭에 흐뭇한 정이 묻어났다. 구상은 용주의 처녀작 "신송"을 읽고 '맨주먹 하나로 한 · 중 · 일 3국을 누빈 천하제일의 깡패 머릿속에서 이런 글도 나오냐'며 감동한 나머지 시단에 추천해 진짜 시인으로 등단시켰다.

비록 춘화로 좌표를 찍히기도 했지만, 화단에서도 점차 그의 화풍 · 화법을 인정하는 분위기였다. 어쨌든 그는 타고난 DNA가 그런지 몰라도 예술가적 기질도 신기할 정도였다. 하여 국제 깡패 박용주는 시와 그림에도 일가를 이루어 예술가로 재탄생한 것이다. 그렇지만 시인, 화가, 예술가의 호칭 앞에는 언제나 '깡패'라는 단어가 들어가 조롱거리가 되기도 했다.

구상의 말마따나 깡패의 머릿속에서 어찌 주옥같은 시상이 떠오를 수 있을까? 그의 과거사를 기억하는 사람들이 혀를 내두른 이유다. 그는 한마디로 풍운아였다. 바람의 사나이! 맨주먹 하나로 뛰어든 싸움판에서 단 한 번도 지지 않았다. 1대 1이 아니라 1대 30, 수십 명이 붙어도 그에게 당할 재간이 없었다. 어쩌면 타고난 싸움꾼 기질이 예술적으로 승화했는지도 모른다. 그래서 주먹의 기량을 먼저 펼쳤고 훗날 신통력이 넘치는 그림과 시로 예술의 꽃을 피운 것이리라.

구상과 박용주는 만나기만 하면 으레 부질없이 티격태격하기 일쑤였다. 그 정도면 싫증이 날 만도 했지만, 세월이 흐를수록 더욱 친숙해져 서로 눙치는 명칭도 바뀌 불렀다. '용주 시인!'과 '구상 깡패!'가 그것이다. 문단에서도 우스갯소리로 둘을 가리켜 '용주 시인과 구상 깡패'로 호칭했다. 그러나 용주는 기라성 같은 문단 선배들 앞에서 '시인'이라는 호칭이 듣기 거북해 언제나 있는 듯 없는 듯 고개 숙이고 뒷전에 처져 있게 마련이었다.

벼는 익을수록 고개를 숙인다고 했다. 가끔씩 미술협회나 시인협회의 모임에 나갈 때도 젊은 사람들에게 먼저 다가가 고개 숙여 인사를 건넸다. 그런 그를 보고 누가 함부로 '깡패'라 부르겠는가? 사람이 달라져도 너무 달라졌다. 그는 엄혹했던 일제강점기에도 스승으로 섬겼던 오야마 다이묘 외에 도도한 일본인들에게 고개 숙이지 않았다. 오히려 닛폰도를 들고 으스대는 야쿠자 패거리들을 샌드백처럼 패고 다녔다.

그런 그가 새소리, 바람 소리밖에 들리지 않는 고즈넉한 산비탈에서 시작과 화업으로 살아가고 있었다. 그러나 시대 상황은 그를 단순한 은둔거사로 놔두지 않았다. 자유당 정권이 극단적인 국정난맥상을 초래하면서 일제강점기부터 협객으로 회자되던 주먹들이 마침내 정치권에 휩쓸려 춘추전국시대를 열어가고 있었기 때문이다.

17. 인생 유전

17

인생 유전

1959년 말. 한동안 소원했던 신띠이(신도환)로부터 전화가 걸려 왔다. 이태(2년) 전 대구에서 무소속으로 민의원(국회의원)에 출마해 당선돼 정계로 진출한 이후 한 번도 연락이 없었다. 그런 그가 느닷없이 대선배 박용주를 찾은 것이다. '반공을 기치로 전국 규모의 청년단체를 결성하려 한다'며 '형님을 고문으로 추대하겠다'고 제안했다.

이승만 대통령이 입에 달고 다니던 '반공'을 애국애족의 상징으로 여기던 시절. 용주는 신띠이의 제안을 별 생각 없이 받아들였다. 그러나 그는 고문으로 이름만 올려놨을 뿐 서울에서 열리는 준비위원회에 한 번도 참석하지 않았다.

그 무렵 신띠이는 집권 여당인 자유당 소속도 아니고 무소속에 불과한 신진 정치인이었지만 이승만 대통령의 총애를 받고 있었다.

그가 이승만의 신임을 받게 된 것은 초대 국방부 장관이던 신성모의 주선으로 경무대를 방문해 이 대통령을 친견하면서부터. 그를 이 대통령에게 소개한 신성모는 일찍이 요절한 그의 외삼촌과 절친한 친구 사이였고 집안끼리도 자주 내왕한 인연이 깊었다 하여, 그는 한때 이 대통령의 밀명을 받고 미국과 일본, 유럽 등지를 오가며 현지 상황과 우리 교민들의 실태를 파악해 보고하는 밀사로 활동했다.

그러면서 정계 진출을 노렸지만, 결코 자유당에 입당하지 않았다. 그런 그가 무소속으로 국회에 입성하자 '철저한 반공주의자인 이승만 대통령의 치세治世를 위해 정권 수호자가 되겠다'고 나선 것이다. 청년단체를 조직하게 된 것도 그중 하나였다. 이름도 그럴싸한 대한반공청년단! 서울을 비롯한 전국에서 주먹깨나 쓰고 힘자랑하는 이른바 어깨들을 주축으로 조직을 결성하고 이듬해(1960년) 정초 단배식團拜式과 함께 공식 출범했다. 하지만 용주는 연말연시 교통난을 핑계로 단배식에도 참석하지 않았다. 솔직히 반공청년단에 별 관심이 없었기 때문이다.

그러나 무심하게 대한반공청년단 고문으로 이름 석 자만 올려놓은 것이 큰 화를 자초할 줄이야. 그해 자유당의 정 · 부통령 부정선

거가 탄로 나고 대구 2 · 28, 마산 3 · 15 사태 등 마치 화약고가 폭발하듯 전 국민적 저항운동이 요원의 불길처럼 타올랐다. 4월 18일엔 마침내 서울 고려대생들이 시위에 나서자 몽둥이와 쇠갈고리를 들고 나타난 괴한들이 교문을 가로막고 난타전을 벌이기 시작했다. 4 · 19 혁명의 도화선이 된 고려대생 습격사건! 사상자가 속출하고 고려대 캠퍼스는 아비규환의 생지옥으로 돌변했다.

학생들에게 매타작을 가한 괴한들이 반공청년단원들로 밝혀지고 충격을 받은 국민들이 들고 일어나 대한반공청년단장 신도환을 정치 깡패 두목으로 몰아세우고 거리로 쏟아져 나왔다. 4 · 19 혁명! 일이 이 지경으로 돌아가자 신띠이는 빼도 박도 못하고 고스란히 책임을 뒤집어 쓸 수밖에 없었다. 마침내 자유당 정권이 무너지고 4 · 19 혁명재판에 회부된 그는 우여곡절 끝에 '직접적인 책임을 물을 수 없다'는 재판부의 판단에 따라 무죄를 선고받고 풀려나게 된다.

그러나 이듬해(1961년) 5 · 16 군사 쿠데타가 일어나 민주당 정권이 집권 1년 만에 물러났다. 박정희 장군이 이끄는 혁명군은 국민에게 한 걸음 더 다가가기 위해 대대적인 사회질서 확립에 나섰다. 그 첫 번째가 악명높은 정치깡패 소탕령. 서슬 퍼런 군사혁명 검찰부가 대한반공청년단장 신도환부터 불러들여 재판정에 세웠다. 그 와중에 난데없이 이름 석 자만 올려놓은 박용주까지 걸려들었다. 날벼락도 그런 날벼락이 없었다.

그는 비록 무임소無任所 고문에 불과했지만 일제강점기 도쿄에서 야쿠자계를 두루 섭렵한 깡패 중의 깡패라는 사실이 밝혀져 곱다시 당할 위기에 처하고 말았다. 혁검(군사혁명 검찰부)에 끌려가 자초지종을 설명하고 '반공청년단에 관여한 일이 없다'고 주장했으나 전혀 씨알이 먹혀들지 않았다. 심지어 혐의를 부인한다는 이유로 신띠이보다 한 수 위인 '왕깡패'로 몰아 혹독한 고문까지 가했다. 혁검 수사관들의 행태는 너무도 야만적이었다.

마침내 고대생 습격 사건 주모자로 몰린 박용주는 일제강점기 고등계가 써먹던 물고문 · 전기고문에다 다케바리(죽침) 고문까지 당하고 몇 차례나 실신하기도 했다. 그런 고통은 난생처음 당해 봤다. 그동안 이기기만 했지, 져본 적은 한 번도 없었기 때문이다. 반복되는 고문 끝에 다시 끌려 나와 조사를 받는데 눈이 퉁퉁 부어올라 앞이 가물거리고 아무것도 보이지 않았다. 바로 그때 왼쪽 어깻죽지에 극심한 고통이 가해졌다. 계급장도 없이 군복만 입은 조사관이 야구방망이를 내려친 것이다.

순간 그는 의자에 앉은 자세에서 본능적으로 발을 뻗쳐 조사관의 턱을 갈겨버렸다. 역습을 당한 조사관은 '어억!' 하고 외마디 비명을 지르며 뒤로 벌렁 나동그라지고 이내 큰 대짜로 뻗고 말았다. 이 광경을 지켜본 또 다른 조사관이 45구경 권총을 빼 들고 달려들었다. 그는 기진맥진한 상태로 앉아 있는 용주의 입에 총구를 들이대며 미친 듯이 고함을 질렀다.

"이, 개새끼! 죽고 싶어 환장했나. 어응!"

그러고는 권총 개머리판으로 용주의 이마를 내리쳤다. 순간 이마에서 폭포처럼 피가 쏟아지고 얼굴이 온통 피범벅으로 변해버렸다. 또다시 실신한 그는 달려온 위생병의 들것에 실려 나갔다.

얼마나 지났을까? 용주는 비몽사몽간을 헤매다가 몽롱한 의식에서 겨우 눈을 떴으나 사방이 어두워 분간할 수 없었다. 온 얼굴이 붕대로 칭칭 감겨 있었기 때문이다. 간신히 손을 움직여 더듬어 보니 아니나 다를까, 폭신한 병상에 누워 있었고 병상 곁엔 간호장교가 링거를 꽂고 있는 모습이 안개 속에 어른거리듯 시야에 들어왔다. 분명 바닥에 물이 흥건히 고여 있던 고문실은 아닌 것 같았다.

군병원? 마침 저벅거리는 군홧발 소리가 들리고 일단의 군의관들이 병상 앞으로 다가왔다. 백색 가운에 중령 계급장이 어렴풋이 보였다. 아마도 병원장이 회진하는 모양이었다.

"이 사람, 상태가 어떤가?"

병원장이 간호장교에게 다그치듯 물었다.

"네, 상당히 호전되고 있습니다."

"으음, 다행이구먼."

병원장은 용주의 병상으로 한 발짝 다가와 붕대로 칭칭 감은 이마의 상처를 살펴보고는 간호장교에게 '중정부장께서 관심을 갖고 있는 환자이니 각별히 보살펴야 한다'고 당부했다. 중정부장이 관심을 갖고 있는 환자? 중정부장이란 5 · 16 혁명 정부 권력의 최정상에 있는 김종필(1926~2018) 중앙정보부장을 말한다. 흔히 영어 이니셜을 따 JP라는 애칭으로 부른다. JP와 박용주는 대체 어떤 관계인가? 실은 용주 자신도 JP를 전혀 알지 못한다.

그러나 그의 절친 구상과 JP는 너무도 잘 아는 사이였다. JP뿐만 아니라 그 당시 국가원수 격이던 박정희 국가재건최고위원회 의장과도 막역한 관계였고 5 · 16 혁명 모의에 얽힌 비화秘話의 주인공 중 한 사람이 구상이다.

1950년대 말. 구상이 주필로 있던 영남일보 사옥 뒷골목에 '청수원'이라는 작은 요정이 있었다. 구상도 단골로 드나들던 곳이다. 그 무렵 2군 부사령관으로 부임한 박정희(1917~1979) 소장이 핵심 참모 2~3명, 때론 4~5명씩 거느리고 자주 찾아와 회식했다. 가끔씩 서울에서 내려온 예비역 중령 김종필도 함께 어울렸다. 박 장군과 김 중령은 처삼촌과 조카사위 관계. 김 중령의 장인 故 박상희(독립운동가 · 언론인 · 1905~1946)가 박 장군의 중형이다.

그런 관계로 의기투합해 JP는 군복을 벗고도 처삼촌 박 장군을 자주 찾아뵈었다. 그는 육군본부 정보장교 시절 군부 내 고위지휘관들의 부정부패를 문제 삼아 항명하다가 하극상으로 몰려 강제 예편을 당하고 5 · 16 군사 쿠데타의 주역으로 변신한다. 그 무렵 박 장군은 조카사위 JP의 항명 사태를 묵인했다는 이유로 좌천성 인사를 당해 한직인 2군 부사령관으로 내려왔다.

부임 인사차 각 언론사를 방문하던 중 구상과도 만나 수인사를 나누었다. 이 자리에서 우연히 독립운동가이자 언론인 출신인 중형 박상희 선생 이야기가 나와 '언제 술이나 한잔 하자'는 의례적인 약속을 하고 해어졌다. 그런데 아니나 다를까, 며칠이 지나 구상 쪽에서 먼저 연락이 왔다. 약속 장소는 청수원. 박 장군이 청수원을 혁명모의 장소로 선택한 동기다. 그 당시 핵심 참모들과 은밀히 진행해온 쿠데타 계획은 상당히 진척되고 있었다.

이후 박 장군은 암암리에 청수원을 드나들며 핵심 참모들과 은밀한 구수회담을 가졌다. 어떤 경우 그곳에서 2~3일씩 묵기도 했다. 주변의 감시망을 벗어나 여론의 화살을 피하기 위해 의도적으로 구상을 끌어들여 술자리로 위장하는 전략도 구사했다. 하여 구상은 자신도 모르게 혁명 모의에 가담한 셈이 되고 말았다.

그는 특히 청수원 모임에서 국가안보뿐만 아니라 정치 · 경제 · 사회 각 분야에 걸쳐 식견이 높은 JP와 세상 돌아가는 얘기를 나누며 각별히 지냈다. JP는 자신보다 일곱 살이나 많은 구상을 깍듯이 '형님'으로 대접했다. 그가 5 · 16 혁명 공약의 첫머리에 사용한 '절망과 기아선상에서 허덕이는 민생고를 시급히 해결한다'는 말은 구상이 술자리에서 은연중 자주 내뱉던 말이기도 했다.

게다가 구상은 두 살 위인 박 장군과 막역한 친구처럼 터놓고 지냈다. 그런 친구가 쳐놓은 그물망에 감쪽같이 걸려든 구상은 5 · 16 쿠데타가 성공한 뒤에서야 이 같은 사실을 알고 전율했다고 한다. 어쨌든 그는 술자리에 어울린 인연으로 간접적이나마 5 · 16 혁명동지가 된 것이다.

그러나 그 무렵 구상과도 자주 만난 용주는 이런 사연을 까맣게 모르고 있었다. 그가 신띠이의 고대생 습격 사건에 휘말려 애먼 추달을 당한 것도 그 때문이다. 구상은 용주가 5 · 16 혁검에 끌려갔다는 사실을 뒤늦게 알고 급히 JP에게 연락, 그의 소재 파악을 요청했을 때는 이미 당할 대로 당하고 만신창이가 된 후였다.

신띠이는 곡절없이 역사의 죄인이 돼 형틀에 묶였다. 그는 5 · 16 혁명재판정에 섰고 결심공판에서 사형이 구형되었다. 선고공판을 앞두고 서대문형무소 미결 감방에 갇혀 있을 때 극도의 공포심에 사로잡혔다고 했다. 양손에 수갑을 찬 사형수들과 함께 수용돼 있었기 때문이다. 사형수는 원래 미결수로 수감된다. 사형이 집행되어야 기결수가 된다고 했다. 신띠이는 결심공판에서 이미 사형이 구형된 상태였다. 곧 다가올 선고공판에서 사형이 확정된다면 재심의 여지도 없어진다. 군사재판은 단심제이기 때문이다. 가슴이 조마조마하고 떨려 하루하루가 지옥문을 드나드는 것 같았다.

그가 미결감방에서 보고 겪은 경험은 사형 집행 당일의 참담한 풍경. 의료진이 이른 아침부터 바쁘게 움직이고 청소부도 덩달아 의료진을 따라다니며 수다를 떤다는 거였다. 미결수와 기결수를 수감하는 감방 사이로 높다란 담벼락이 가로 놓여 있고 그 담벼락 한

가운데 출입문이 하나 나 있었다. 출입문은 평소 굳게 닫혀 있지만 사형 집행일이 되면 으레 열려 있게 마련이다. 이 문이 열려 있는 것을 창틈으로 목격한 수감자들은 누구나 한두 번씩 소스라치게 마련이었다.

천하 신띠이도 우연히 미결감방 사형수가 형장으로 끌려가는 모습을 창살 틈으로 보고 기겁을 하며 온몸에 경련을 일으켰다. 인간이란 죽음 앞에선 누구나 그럴 수 없이 약해진다고 했다. 철벽같이 닫혀 있던 담벼락의 출입문이 훤히 열리면 양손에 수갑을 차고 포승줄로 묶인 사형수가 형무관(교도관) 2명에게 양쪽 팔 자락이 낚아채여 후둘거리는 모습으로 나타난다. 사형수 뒤에는 형무소 의무과장이 따른다. 사형수가 형장의 이슬로 사라지기 전과 후에 반드시 검진을 해야 하기 때문이다.

따지고 보면 이 출입문은 사형수의 생사를 가르는 저승문이기도 했다. 저승문을 넘어서는 순간 사형수는 본능적으로 눈치를 채고 공포에 질려 끌려가지 않으려고 발버둥 치게 마련이다. 형장 앞에 끌려가서는 하늘 한 번 쳐다보고 땅 한 번 내려다보고 곧장 집행장으로 떠밀려 형틀에 묶이는 것이다. 그러고 한 30여 분이 지나면 청소부가 하얀 천에 덮인 사형수의 주검을 손수레에 싣고 나와 담벼락 뒤로 사라진다. 죄 많은 인생의 한 목숨을 법적으로 거두는 절차가 그랬다.

신띠이는 미결감방 창살 틈으로 이 처참한 광경을 지켜보고 충격을 받아 한동안 악몽에 시달렸다. 그는 미결감방에 수감돼 있는 동안 그런 광경을 몇 차례나 목격했다. 3 · 15 부정선거와 4 · 19 발포 사건의 원흉인 자유당 정권의 내무부 장관 최인규, 경무대 경호실장 곽영주 등이 초췌한 모습으로 끌려가는 것도 목격했다. 그야말로 피를 말리는 순간이었다. 그러기를 한 달여 만에 선고가 떨어졌다. 검찰의 구형은 사형이었지만 혁명재판소는 20년 실형을 선고했다. 지옥의 문턱에서 살아난 것이다.

미결수이던 그는 마침내 기결수로 전환되면서 머리를 깎고 감방을 옮겼다. 3사 16방. 이때 그는 비로소 푸른 죄수복을 입은 한희석 전 국회부의장을 비롯한 자유당 정권 말기의 정치인들과 고위공직자들을 두루 만나게 된다. 노역을 나가 잡역부로 땀을 흘리면서도 맑은 공기를 마실 수 있어 그나마도 살아날 것 같았다.

10년 후. 신띠이는 형기 절반을 넘기고 특사로 풀려나 초야에 묻혀 살아가는 유도계의 대선배 박용주를 찾아간다. 그는 '본의 아니게 형님을 욕보이게 했다'며 정중히 사과했다.

"형님께 지은 죄가 너무 많습니다. 용서하십시오."

"어허, 이 사람아, 안에 갇힌 사람이 고생했제. 밖에 있는 나는 괜찮다."

"저 때문에 형님께서 군발이들한테 끌려가 엄청 당했다는 소식을 들었습니다만 골병은 안 드셨는지요?"

"아, 내가 누꼬. 맞는 데 도사 아이가. 칼 들고 떼거리로 덤비는 놈들도 다 물리친 도쿄 다츠 아이가 입에 권총을 물리는 군인들한테는 몬 당하겠더마. 그동안 세월도 마이 흘렀고 보다시피 나는 멀쩡하다. 하하"

"아이고 형님! 면목 없심더."

"그나저나 학교(감방)에서 공부(복역)한다꼬 고생 많았제?"

"아입니더. 뭐, 고생이라 칼 것도 없이 지내다 보이 세월이 이렇게 흘렀네예. 총칼이 없으믄 아무것도 몬 하는 무지막지한 놈들, 이 원수를 우에 갚아야 할지 모르겠심더."

신띠이가 서대문형무소에서 기결수로 전환할 때 영남일보 주필에서 물러난 구상은 서울로 이주해 칼럼도 쓰고 문단의 중진으로 활동하고 있었지만 서로 연락이 닿지 않았다고 했다.

홀로 남은 박용주는 가끔씩 대구 시내로 나와 추억이 서린 향촌동과 동성로 일대 다방가에서 소일했다. 그럴 때마다 알게 모르게 그를 수행하는 사람이 있었다. 그의 수제자 권수창(1933~2018). 본명보다 '꾯대'라는 별명이 더 유명한 대구 주먹계의 레전드(전설)이다. 꾯대란 숲을 거느린 거목巨木 아키타부키에서 나온 일본 용어로 '우두머리'라는 뜻이다.

대구 명문 경북고교를 나온 그는 해방공간에서부터 미 · 소 공동위원회의 한반도 신탁통치안을 반대하는 이른바 반탁 운동에 앞장서 왔다. 특히 신탁을 찬성하는 남로당계 민학련(민주학생연맹)을 때려잡는 빨갱이 킬러로 명성을 떨쳤다. 6 · 25 이후엔 한국의 대표적인 협객 김두한이 서북청년단과 다른 별동부대를 이끌었을 때 대구 · 경북 총책을 맡기도 했었다.

'기氣는 기氣로 기로 통한다'고 했던가. 그런 유명한 꾯대 권수창은 박용주가 다부동 전선의 지게부대에서 활약한 영남일보 기사를 읽고 찾아가 큰절을 올리고 제자가 될 것을 자청했다. 용주는 '스승이란 인간 됨됨이가 있고 남을 가르칠 줄 아는 인격을 갖춰야 하는데, 싸움판에서 주먹으로 굴러먹던 자를 스승으로 모시겠다니 말이 안 된다'고 단호히 거절했다. 그러나 꾯대는 굽히지 않고 날이면 날마다 찾아가 제자로 받아줄 것은 간청하는 바람에 마침내 사제 간의 인연을 맺었다고 했다.

이후 꼿대는 스승 박용주를 그림자처럼 따라다니며 지극정성으로 섬겼다. 때론 자신의 제자이자 동성로파 어깨 이승규(전 대구 사보이 호텔 대표)를 호위무사로 지명해 스승 박용주의 신변을 각별히 경호토록 했다. 게다가 승규에겐 박용주 선생이 일제강점기부터 삼촌 이채희와 친교를 맺어온 고향 어르신으로 감히 접근하기 어려웠다. 그래서 잔심부름을 해도 항상 조심스러워했다. 그 당시 주먹 세계의 법도가 그렇게도 엄격했다.

그 무렵 한때 6 · 25 특수를 타고 돈방석에 앉았던 이채희는 장조카 승규와 함께 운영하던 사보이 호텔을 처분하고 수석水石에 취미를 붙여 전국의 산하를 누비며 수석 채집을 낙으로 삼았다. 그러다가 1970년대 초반 경북 청송 주왕산 계곡에서 우연히 JP와 맞닥뜨렸다. 3선 개헌을 반대하다가 국무총리에서 물러나 초야에 묻힌 JP는 그 당시 주유천하 하던 중 수석을 채집하기 위해 주왕산 계곡을 찾았다가 우연히 채희와 마주쳐 친교를 맺는다. 둘은 이때부터 서울에서 몇 차례 수석 전시회도 열었으나 JP가 다시 정계에 복귀하면서 연락이 끊겼다. 인생무상이란 그런 것이다.

다시 신띠이 이야기로 돌아가면 그는 특사로 풀려난 이후 대구에서 칩거하던 중 박정희 정권의 공화당이 3선 개헌에 성공하자 정치규제에서 풀려나 다시 정치판에 뛰어든다. 1971년 유진산 신민당 당수와 손잡고 8대 국회에 진출한 데 이어 당 사무총장을 거쳐 최고위원까지 꿰찼다. 그러나 그 이듬해(1972년) 유신이 선포되고 국회해산의 소용돌이에 휘말렸다. 그가 박정희 정권에 평생 한이 맺힌 이유다.

또다시 야인으로 돌아섰으나 유신헌법 발효와 함께 실시된 9대 총선에 출마해 재당선되고 10대 때엔 4선의 고지에 올랐다. 모두 고향 대구에서 다선의 관록을 쌓았다. 그가 총선에 출마할 때마다 박용주는 선대위 고문을 맡아 동분서주하며 도왔다. 하지만 그는 신띠이의 당선이 확정되는 순간 소리소문없이 사라지곤 했다. 그것이 자신을 드러내지 않고 후배를 위하는 길이라고 생각했기 때문이다. 그러나 신띠이는 10대 국회에서도 임기를 채우지 못하고 물러나야 했다.

10 · 26 사태가 발생하고 서울의 봄이 오는가 했더니 신군부가 나타나 정권을 찬탈하면서 또다시 정치활동이 정지되고 말았다. 5공 내내 숨을 죽이고 살다가 6 · 29 선언 이후 마침내 지긋지긋한

정치규제에서 풀려났다. 그는 신물이 나는 정치에 미련을 못 버리고 다시 정계로 복귀한다. 이번에는 말 그대로 큰 산을 탔다. 거산巨山(김영삼 전 대통령의 아호)과 힘을 모아 신한민주당을 창당하고 12대 총선에 출마해 5선 의원이 된다. 민주화 시대의 정치지도자 반열에 우뚝 선 것이다.

그 무렵 대선배 박용주는 신띠이 곁에 없었다. 중풍으로 쓰러져 누워 있었기 때문이다. 조선 제일의 협객 박용주는 평소 궁핍하게 살면서도 잘나가는 후배들에게 손을 내밀지 않았다. 세월이 흐르면서 그는 점차 잊혀지기 시작했다. 다만 전설 속에서만 살아 있을 뿐이었다. 그의 말년은 한마디로 비참했다.

그가 태어나고 자란 반야원 누옥은 1970년대 초반 대구시가 연로단지를 조성하면서 토지수용령에 걸려 쥐꼬리만한 보상금만 받고 넘겨줬다. 대체 주택은커녕 전셋값도 되지 않았다. 사과농사를 짓던 이웃 주민들은 경북 청송으로 이주해 신품종 '꿀사과'를 개발하고 크게 성공했다. 하지만 그는 팔공산 자락을 벗어나지 못해 인근 불로동 · 도동 · 지저동 일대 반지하 사글셋방을 전전하며 구차한 여생을 이어갔다.

중풍이 스치고 지나간 후 걸음도 제대로 걷지 못했다. 저승사자를 만날 때가 다가오자 미련 없이 떠날 생각을 반복하며 시간을 죽였다.

"인생은 유한한 것, 나는 미련하게 저승사자가 찾아올 때까지 기다리지 않겠다. 이승을 뜰 마지막 시간은 내 스스로 정할란다. 그땐 화선지에 노란색 물감을 풀어놓고 비상砒霜(청산가리)을 마신 다음 피를 토할 때 화선지의 노란 색깔 위에 피를 뿜어 생의 마지막 작품을 핑크색으로 만들어놓고 떠나고 싶다."

그가 생전에 입버릇처럼 남긴 말이다.

그 무렵 그는 그림에 미쳐 있다시피 했다. 하지만 마음만 조급해질 뿐 몸이 말을 듣지 않았다. 때문에 섬뜩한 마지막 그림을 손도 대지 못한 채 저승길로 떠나고 말았다. 만장 한 폭 휘날리지 못하고 조문객도 없는 쓸쓸한 죽음이었다. 1988년 7월 9일. 73세.

'시인'과 '깡패' 호칭을 맞바꾼 절친 구상이 뒤늦게 부고를 접하고 대구에 내려와 그가 잠든 초라한 묘원을 찾았다. 구상은 술을 한 잔 따라 봉분 위에 뿌리며 혼잣말로 넋두렸다.

"어이, 용주 시인! 깡패 구상이 오랜만에 찾아왔는데 당신은 일어나지도 않고 잔디 이불 덮고 누웠구려."

.

.

.

이후 구상도 떠났다.

.

.

둘은 자승꽃이 하얗게 흐드러진 언덕에서 이중섭을
만나 그의 꽃그림을 감상했다.
셋이 저승에서 시화전이라도 열 셈인가?

먼저 간 중섭은 황소 대신 하얀 꽃만 그렸다고 했다.
사랑하는 아내 마사코를 위하여….
100세를 넘긴 미망인 마사코는 아직 살아 있다.

著者 이용우

저자 이용우는 이 시대의 영원한 저널리스트!

중앙일보 사회부 기자로 언론계에 투신하여 사회부장과 편집부국장, 영남 총국장으로 정년퇴임 후 현재 프리랜서로 취재현장을 지키며 저술가로 활동하고 있다.

주요 저서로는

『삼성인도 모르는 삼성가의 창업과 수성 秘史』

『동해물과 백두산이 마르고 닳도록』

『악어를 잡아먹은 악어새』

『진짜 실세 가짜 실세』

『혼돈의 세월』

『붉은 수레바퀴가 남긴 상처』

『어글리 양키즈』

『기자 그거 아무나 하는 게 아니야』

『전쟁과 수녀』

『악마의 영혼 야마토 다마시(大和魂)』

등이 있다.